Fjodr Dostojewski

Die Sanfte

Übersetzt von Alexander Eliasberg

„Ein Witwer geht in seiner Wohnung neben der aufgebahrten Leiche seiner Frau auf und ab. Mit tiefenpsychologischen Einsichten, wie sie wohl nur Dostojewski literarisch zu Tage zu fördern vermag, befasst er sich mit der kurzen gemeinsamen Zeit, die er mit seiner Gattin hatte, bevor er ihren Selbstmord verschuldete." *Redaktion Gröls-Verlag* (Edition I Werke der Weltliteratur)

Redaktionelle Hinweise und Impressum

Das vorliegende Werk wurde zugunsten der Authentizität sehr zurückhaltend bearbeitet. So wurden etwa ursprüngliche Rechtschreibfehler regelmäßig *nicht* behoben, denn kleine Unvollkommenheiten machen das Buch – wie im Übrigen den Menschen – erst authentisch. Mitunter wurden jedoch zum Beispiel Absätze behutsam neu getrennt, um den Lesefluss zu erleichtern.

Wir sind bemüht, ein ansprechendes Produkt zu gestalten, welches angemessenen Ansprüchen an das Preis/Leistungsverhältnis und vernünftigen Qualitätserwartungen gerecht wird. Um die Texte zu rekonstruieren, werden antiquarische Bücher von leistungsfähigen Lesegeräten gescannt und dann durch eine Software lesbar gemacht. Der so entstandene Text wird von Menschen gegen eine Aufwandsentschädigung gegengelesen und korrigiert – Hierbei können gelegentlich Fehler auftreten. Wenn Sie ebenfalls antiquarische Texte einreichen möchten, wenden Sie sich für weitere Informationen gerne an

www.groels.de

Informieren Sie sich dort auch gerne über die anderen Werke aus unserer

Edition | Bedeutende Werke der Weltliteratur

Sie werden es mit 98,028 %iger Wahrscheinlichkeit nicht bereuen.

Die Deutsche Nationalbibliothek verzeichnet dieses Werk in der Deutschen Nationalbibliografie.

Verleger: Marcel Hermann-Josef Gröls, Poelchaukamp 20, 22301 Hamburg.
Externer Dienstleister für Distribution und Herstellung: BoD, In de Tarpen 42, 22848 Norderstedt

Inhaltsverzeichnis

Vorrede des Autors 5
I. Wer ich war und wer sie war 7
II. Der Heiratsantrag 19
III. Bin der edelste Mensch, glaube aber selbst nicht daran 27
IV. Lauter Pläne und Pläne 33
V. Die Sanfte revoltiert 41
VI. Eine schreckliche Erinnerung 52
VII. Ein stolzer Traum 57
VIII. Die Binde fiel 67
IX. Begreife es nur zu gut 76
X. Nur fünf Minuten zu spät 85

Vorrede des Autors

Ich nenne diese Erzählung eine "phantastische", obwohl ich sie für durchaus real halte. In gewisser Hinsicht ist sie aber auch wirklich phantastisch: das Phantastische liegt hier in der Form, über die ich mich verpflichtet sehe einiges vorauszuschicken.

Es ist nämlich weder eine Erzählung noch ein Bruchstück aus einem Tagebuch. Denken Sie sich einen Mann, der vor der Leiche seiner Frau steht, einer Selbstmörderin, die sich erst vor wenigen Stunden aus dem Fenster gestürzt hat. Er ist noch ganz bestürzt und hat noch nicht Zeit gehabt, seine Gedanken zu sammeln. Er geht in seinem Zimmer auf und ab und bemüht sich, das Geschehene zu fassen, "seine Gedanken auf einen Punkt zu konzentrieren". Er gehört obendrein zu jenen Hypochondern, die mit sich selbst sprechen. So spricht er mit sich selbst, erzählt sich den Sachverhalt, und sucht ihn sich zu *klären*. Trotz der scheinbaren Folgerichtigkeit seiner Rede widerspricht er sich einige Male wie in der Logik so auch in den Gefühlen. Er rechtfertigt sich und beschuldigt sich zur gleichen Zeit und gerät zuweilen in durchaus nebensächliche Erklärungen; neben einer gewissen Roheit der Gedanken und des Herzens verrät er auch hier und da tiefes Gefühl. Allmählich gelingt es ihm auch wirklich, sich den Sachverhalt zu klären und seine Gedanken auf einen Punkt zu konzentrieren. Eine Reihe von Erinnerungen, die er in sich weckt, zwingt ihn schließlich, die *Wahrheit* zu sehen; und diese Wahrheit wirkt erhebend auf seinen Verstand und sein Herz. Gegen das Ende verändert sich sogar der Ton der Erzählung im Vergleich zu dem so verworrenen Anfang. Die Wahrheit zeigt sich dem Unglücklichen recht klar und eindeutig; jedenfalls glaubt er sie so zu sehen.

Das ist das Thema. Der Prozeß der Erzählung dauert, selbstverständlich mit Unterbrechungen, einige Stunden, und ihre Form ist höchst verworren: bald spricht er zu sich selbst, bald wendet er sich an einen unsichtbaren Zuhörer, gleichsam an seinen Richter. So spielt es sich auch immer in Wirklichkeit ab. Wenn ein Stenograph ihn belauscht und alle seine Worte rein mechanisch aufgezeichnet hätte, so wäre die Erzählung etwas unordentlicher und holpriger geworden, als sie bei mir ausgefallen ist; ich glaube aber, daß die psychologische Entwicklung in der gleichen Folge vor sich gegangen wäre wie bei mir. Diese Fiktion eines Stenographen, der alles aufgezeichnet hat (und dessen Aufzeichnungen ich überarbeitet habe), ist eben das, was ich an dieser Erzählung phantastisch nenne. Dieser Kunstgriff ist übrigens nicht neu: so hat ihn schon Viktor Hugo in seinem Meisterwerk "Der letzte Tag eines zum Tode Verurteilten" angewandt. Hugo sagt zwar nichts von einem Stenographen, läßt aber eine noch viel größere Unwahrscheinlichkeit zu, indem er annimmt, daß der zum Tode Verurteilte die Kraft (und auch die Zeit) hat, nicht nur an seinem letzten Tage, sondern auch in seiner letzten Stunde, ja sogar in der letzten Minute Aufzeichnungen zu machen. Hätte er aber auf diese phantastische Voraussetzung verzichtet, so wäre auch das ganze Werk, das realste und wahrste von allen seinen Werken, nie zustandegekommen.

I.

Wer ich war und wer sie war

Solange sie hier liegt, ist noch alles gut: ich trete jeden Augenblick hinzu und sehe sie an; morgen wird man sie forttragen – wie werde ich dann allein bleiben können? Sie liegt jetzt im Gastzimmer auf dem Tisch; man hat zwei Kartentische zusammengeschoben; den Sarg wird man erst morgen bringen, einen weißen, mit weißem Gros de Naples ausgeschlagenen Sarg; eigentlich wollte ich gar nicht davon sprechen ... Ich gehe immer auf und ab und will mir über alles klar werden. Seit sechs Stunden gebe ich mir die größte Mühe, kann aber noch unmöglich meine Gedanken sammeln. Die Sache ist nämlich die, daß ich immer auf und ab gehe, immer auf und ab ... Die

Sache war so ... Ich werde alles ordentlich der Reihe nach erzählen. (Ja, die Ordnung!) Meine Herren, ich bin ja gar kein Literat, Sie sehen es ja selbst. Das ist ja auch ganz gleich; ich will einfach so erzählen, wie ich es eben verstehe. Das ist ja gerade so entsetzlich, daß ich alles verstehe!

Das war, wenn Sie es durchaus wissen wollen, d. h. wenn ich von Anfang an erzählen soll, das war nämlich so: sie kam ganz einfach zu mir, um ihre Sachen zu versetzen. Mit dem Gelde wollte sie in der Zeitung annoncieren: eine Gouvernante sucht eine Stelle, ginge auch nach auswärts, wäre unter Umständen bereit, auch einfach Stunden zu geben usw., usw. So war es ganz zu Anfang, und sie war für mich nur eine von den vielen, die zu mir kamen. Später begann ich sie aber von den anderen zu unterscheiden. Sie war so schmächtig, blond, von mittlerem Wuchs, im Verkehr mit mir etwas ungelenk und verlegen (ich glaube, daß sie zu jedem Fremden so gewesen ist; ich war für sie natürlich auch ein Fremder wie jeder andere; d. h. wenn man mich als Mensch und nicht als Pfandleiher nimmt).

Kaum hatte sie das Geld in der Hand, als sie mir sofort den Rücken kehrte und ging. Und machte alles schweigend. Die anderen feilschen mit mir, zanken, wollen mehr haben; sie sprach aber nie ein

Wort und nahm, was ich ihr gab ... Mir scheint, ich werfe alles durcheinander ... Ja: zuerst fielen mir die Sachen auf, die sie mir brachte: silbervergoldete Ohrringe, ein kleines billiges Medaillon – lauter Gegenstände zu zwanzig Kopeken. Sie wußte auch selbst, daß ihre Sachen nicht mehr wert waren, ihrem Gesicht aber konnte ich es ablesen, daß das Zeug für sie einen viel größeren Wert hatte; das war nämlich alles, was sie noch von ihren Eltern besaß; später habe ichs erfahren. Nur einmal erlaubte ich mir, über ihre Sachen zu lächeln. D. h. ich muß Ihnen sagen, daß ich mir sonst so etwas nie erlaube: ich benehme mich der Kundschaft gegenüber immer wie ein Gentleman: wenig Worte, höflich und streng. "Ja, streng, streng, streng ..." Einmal erlaubte sie sich aber, mir die Überreste (es waren tatsächlich nur Überreste) einer alten Jacke aus Hasenfell zu bringen, und ich konnte mich nicht enthalten, eine Bemerkung fallen zu lassen, die vielleicht wie ein Scherz klang. Du lieber Himmel, wie sie da rot wurde! Sie hatte so große, blaue, verträumte Augen – wie die plötzlich aufblitzten! Sie sagte aber kein Wort, packte ihre "Überreste" ein und ging.

An diesem Tage erst hatte ich auf sie mein Augenmerk gerichtet und mir so ganz gewisse Gedanken, ja ganz besondere Gedanken über sie gemacht. Ich kann mich noch auf einen anderen Eindruck besinnen; wenn Sie wollen, war es sogar der Haupteindruck, die Synthese des Ganzen: nämlich, daß sie furchtbar jung war, so jung, daß man ihr vierzehn Jahre geben konnte. In der Tat war sie damals noch nicht volle sechzehn Jahre alt, es fehlten noch drei Monate. Übrigens wollte ich gar nicht das sagen, und nicht darin lag die Synthese, von der ich eben sprach. Am nächsten Tage kam sie wieder. Sie war inzwischen, wie ich später erfuhr, mit ihrer Pelzjacke bei den anderen Pfandleihern Dobronrawow und Moser gewesen; diese nehmen aber nur Goldsachen, wollten mit ihr gar nicht reden. Ich hatte aber von ihr schon früher einmal eine Gemme (ein ganz wertloses Ding) genommen; wunderte mich später selbst darüber, daß ich es getan hatte: denn ich nehme ja sonst auch nichts als Gold- und Silbersachen an; hatte also bei ihr mit der Gemme eine Ausnahme gemacht. Das war eben der zweite Gedanke, den ich mir über sie machte, ich weiß es noch genau.

Diesmal, nachdem sie also bei Moser gewesen war, brachte sie mir eine Zigarrenspitze aus Bernstein; der Gegenstand war gar nicht so übel, hatte vielleicht einen Liebhaberwert, für mich aber war er ganz wertlos, denn ich nehme ja nur Goldsachen. Sie kam also nach der gestrigen *Revolte* wieder; daher empfing ich sie streng. Meine Strenge ist Trockenheit. Ich gab ihr für die Zigarrenspitze zwei Rubel, konnte mich aber nicht enthalten, ihr mit etwas gereizter Stimme zu sagen: "Ich tue es nur *für Sie*; Moser würde einen solchen Gegenstand gar nicht annehmen." Die Worte " *für Sie*" betonte ich ganz besonders und gerade in einem *gewissen* Sinne. Denn ich war wütend. Als sie dieses "für Sie" hörte, wurde sie wieder rot, sagte aber kein Wort, warf mir das Geld nicht vor die Füße, sondern steckte es ein – diese Armut! Wie rot sie aber wurde! Ich sah, wie sehr ich sie verletzt hatte ... Und als sie schon fort war, fragte ich mich plötzlich: war denn dieser Triumph über sie zwei Rubel wert? Ha, ha, ha! Ich kann mich noch gut erinnern, daß ich mir diese Frage sogar zwei Mal vorlegte: "Ob es sich lohnte?" Und ich entschied sie lachend im bejahenden Sinne. Denn das Ganze erschien mir gar zu amüsant. Es war aber kein schlechtes Gefühl: ich tat es mit Absicht, ja, mit einer ganz bestimmten Absicht; ich wollte sie prüfen, denn es waren mir plötzlich gewisse Gedanken in bezug auf sie gekommen. Das war eben das dritte Mal, daß ich über sie in einem ganz bestimmten Sinne nachdachte.

... Nun, von da ab hat das Ganze begonnen. Selbstverständlich bemühte ich mich sofort, auf Umwegen alles Nähere über sie zu erfahren; wartete auch mit besonderer Ungeduld auf ihr nächstes Erscheinen. Ich hatte das bestimmte Gefühl, daß sie bald kommen würde. Als sie kam, sprach ich sie mit ausgesuchter Höflichkeit an und versuchte, sie in ein Gespräch zu ziehen. Ich habe ja eine gute Erziehung genossen, habe auch gute Manieren. Hm! Da merkte ich sofort, wir gut und sanft sie war. Die Guten und Sanften widerstreben nicht lange. Wenn sie auch nicht gleich offenherzig werden, so verstehen sie es doch nicht, einem Gespräch auszuweichen: sie sind wortkarg, antworten kurz, aber sie antworten, und je weiter, desto mehr. Man darf nur selbst dabei nicht müde werden, wenn man bei ihnen etwas erreichen will. Von ihr selbst habe ich natürlich nichts erfahren.

Das von der Annonce und alles übrige erfuhr ich erst viel später. Damals verwendete sie ihre letzten Kopeken auf die Annoncen; zuerst hieß es noch ganz stolz: "Gouvernante sucht Stelle, auch nach auswärts; Angebote in geschlossenen Briefen ..." Später klang es viel bescheidener: "Nimmt jede Stelle, als Lehrerin, Gesellschaftsdame, Haushälterin, Krankenpflegerin, kann auch nähen usw." Man kennt es ja! Selbstverständlich veränderte sich der Text ganz allmählich; und zuletzt, als sie schon verzweifelte, hieß es sogar: "Ohne Gehalt, gegen freie Station." Nein, sie fand keine Stelle! Ich beschloß, sie zum letzten Male auf die Probe zu stellen: ich nahm plötzlich die letzte

Zeitung und zeigte ihr folgende Annonce: "Junge Dame, ohne Anhang, sucht Stelle zu kleinen Kindern, am liebsten bei einem Witwer in mittleren Jahren. Kann auch in der Wirtschaft helfen."

"Da sehen Sie's, die hat heute früh annonciert und findet bis heute abend sicher eine Stelle. So muß man eben annoncieren!" Sie wurde wieder rot, in ihren Augen blitzte es auf, sie kehrte mir den Rücken und ging. Das gefiel mir sehr. Ich war übrigens schon damals meiner Sache sicher und fürchtete nichts mehr: niemand anders würde ihr ihre Zigarrenspitzen abnehmen. Es war übrigens auch mit den Zigarrenspitzen schon zu Ende. Ich hatte mich nicht getäuscht: am dritten Tage kam sie wieder, ganz bleich und aufgeregt – ich merkte sofort, daß bei ihr zu Hause etwas vorgefallen war; es war auch in der Tat etwas vorgefallen. Ich werde gleich darauf zurückkommen, will zuerst nur noch erzählen, wie es mir damals gelang, ihr zu imponieren und in ihren Augen zu wachsen. Der Entschluß dazu war mir so ganz plötzlich gekommen. Sie brachte mir nämlich dieses Mal ein Heiligenbild – da hängt es noch ... So weit war es mit ihr gekommen ... Ach, hören Sie! Hören Sie! Jetzt fange ich erst mit der Geschichte an; was ich bisher erzählte, war nicht das Richtige. Ich will mich jetzt nämlich an jedes Detail, an jede Kleinigkeit erinnern. Ich will alle meine Gedanken auf einen Punkt konzentrieren, und kann es nicht, denn diese Einzelheiten, diese nebensächlichen Details ...

Es war ein Muttergottesbild. Die Jungfrau mit dem Kinde, ein altes Erbstück mit silbervergoldeten Beschlägen; wert ... nun, sechs Rubel war es wert. Ich sehe, sie hängt sehr an dem Bild, versetzt es als Ganzes, mit den Beschlägen. Ich sage ihr: "Lassen Sie doch lieber nur die Beschläge da, das Bild können Sie gleich wieder mitnehmen; denn ein Heiligenbild zu versetzen, ist ja immerhin, wie soll ich es nur sagen ..."

"Ist es Ihnen verboten, Heiligenbilder als Pfand zu nehmen?"

"Nein, verboten ist es nicht, ich meine nur, daß es vielleicht Ihnen selbst ..."

"Nehmen Sie also die Beschläge ab."

"Wissen Sie was, ich werde sie doch nicht abnehmen, sondern das Bild, wie es ist, in meinen Heiligenschrein stellen", sagte ich nach einer Pause, "zu den anderen Heiligenbildern, unter das Lämpchen (seitdem ich mein Geschäft eröffnet habe, brennt bei mir immer das Lämpchen vor dem Heiligenschrein), und nehmen Sie ganz einfach zehn Rubel."

"Ich brauche keine zehn Rubel, geben Sie mir nur fünf. Ich werde das Bild ganz bestimmt auslösen."

"Zehn Rubel wollen Sie also nicht? Das Bild ist so viel wert," fügte ich hinzu, als ich merkte, daß es in ihren Augen wieder aufblitzte.

Sie erwiderte kein Wort. Ich gab ihr fünf Rubel.

"Verachten Sie niemand; ich bin ja selbst einmal in solcher Klemme gewesen, habe sogar noch Schlimmeres erlebt; und wenn Sie mich jetzt bei einem solchen Gewerbe sehen, so ist es doch, nach allem, was ich durchgemacht ..."

"Sie wollen sich an der Gesellschaft rächen? Nicht wahr?" unterbrach sie mich plötzlich mit ziemlich spöttischer Miene; ihr Spott erschien mir aber recht harmlos (d. h. unpersönlich, denn damals hatte sie noch keinen Grund, mich von den anderen zu unterscheiden; in ihrer Bemerkung lag also nichts Verletzendes).

Aha – dachte ich – so eine bist du also! Zeigst deinen Charakter, gehörst also auch zu der neuen Richtung!

"Sehen Sie," sagte ich halb scherzend und halb geheimnisvoll, "ich bin ein Teil von jener Kraft, die stets das Böse will und stets das Gute schafft."

Sie blickte schnell mit großer Neugierde, in der etwas Kindliches lag, zu mir auf.

"Warten Sie ... Was ist das für ein Ausspruch? Woher haben Sie ihn? Er kommt mir bekannt vor ..."

"Zerbrechen Sie sich nicht den Kopf; mit diesen Worten stellt sich Mephistopheles dem Faust vor. Haben Sie den Faust gelesen?"

"Ja ... ganz flüchtig ..."

"Das heißt, Sie haben ihn gar nicht gelesen. Sie sollten ihn lesen. Ich sehe jetzt auf Ihren Lippen wieder so eine spöttische Falte. Halten Sie mich, bitte, nicht für so geschmacklos, daß ich vor Ihnen, um meine Rolle als Pfandleiher zu beschönigen, etwa als Mephistopheles auftreten will. Ein Pfandleiher bleibt immer Pfandleiher. Das wissen Sie ebensogut wie ich."

"Sie kommen mir so sonderbar vor ... Ich habe es durchaus nicht so gemeint ..."

Sie wollte wohl sagen: "Ich hätte nicht gedacht, daß ich es mit einem so gebildeten Menschen zu tun habe" – sie sagte es aber nicht; dafür wußte ich ganz bestimmt, daß sie es gedacht hatte; meine Bemerkung hatte ihr offenbar gefallen.

"Sehen Sie," bemerkte ich, "auf jedem Gebiete kann man Gutes tun. Ich spreche natürlich nicht von mir: was mich betrifft, so tue ich überhaupt nur Böses, allein ..."

"Selbstverständlich kann man auf jedem Gebiete Gutes tun," sagte sie und streifte mich mit einem schnellen, durchdringenden Blick. "Ja, auf jedem Gebiete", fügte sie plötzlich hinzu.

O, wie erinnere ich mich noch an all diese Augenblicke! Ich möchte noch hinzufügen: wenn diese Jugend, diese liebe Jugend etwas Kluges und Bedeutungsvolles sagen will, so kann man schon vorher in ihren Augen, die gar zu naiv und aufrichtig sind, lesen: "Siehst du, wie klug und wohldurchdacht ich jetzt spreche!" Sie tut es nicht aus Eitelkeit, wie unsereiner; man sieht es ja, daß sie alles, was sie sagt, selbst außerordentlich schätzt, daran glaubt und annimmt, daß wir es ebenso hoch schätzen wie sie. O, diese Aufrichtigkeit! Das ist es eben, was uns gefangen nimmt. An ihr war das ganz besonders schön!

Ja, ich weiß es noch, habe nichts vergessen! Als sie gegangen war, faßte ich meinen Entschluß ganz plötzlich. Am gleichen Tage zog ich noch die letzten Erkundigungen ein und erfuhr die "nackte Wahrheit" über ihre gegenwärtigen Verhältnisse; das meiste von ihrer Vergangenheit wußte ich bereits durch Lukerja, die damals in Stellung bei ihnen war und die ich vor einigen Tagen bestochen hatte. Diese "nackte Wahrheit" war so schrecklich, daß ich gar nicht begreifen kann, wie sie noch überhaupt lachen und sich für die Worte des Mephistopheles interessieren konnte, wenn sie selbst in so schrecklichen Umständen lebte. Ja, diese Jugend! Gerade das dachte ich mir damals von ihr. Ich sagte es mir mit Freude und Stolz, denn ich sah darin auch eine seltene Großmut: "Ich stehe zwar selbst am Rande des Abgrundes, doch die großen Worte Goethes strahlen ewig ..." Die Jugend ist eben immer großmütig, selbst da, wo es wenig am Platze ist. Das heißt, ich will ja jetzt gar nicht von der Jugend sprechen. Ich meine nur sie allein. Die Hauptsache ist, daß ich sie schon damals als *die Meine* betrachtete und an meiner Macht über sie nicht mehr zweifelte. Wissen Sie, es ist ein ganz wunderbares, wollüstiges Gefühl, wenn man nicht mehr zweifelt! ...

Doch was erzähle ich da! Wenn ich so fortfahre, werde ich meine Gedanken nie konzentrieren können. Schneller, schneller vorwärts, das sind ja lauter Nebensächlichkeiten, o Gott!

II.

Der Heiratsantrag

Die "nackte Wahrheit", die ich über sie erfuhr, will ich in wenigen Worten zusammenfassen: ihre Eltern waren schon vor drei Jahren gestorben, und sie wohnte bei zwei Tanten, recht unordentlichen Frauenzimmern. Wenn ich "unordentlich" sage, ist es eigentlich viel zu mild. Die eine Tante war Witwe und hatte sechs kleine Kinder auf dem Halse; die andere war eine abscheuliche alte Jungfer. Abscheulich waren sie übrigens beide. Der Vater des Mädchens war Beamter gewesen, hatte aber als Schreiber angefangen und besaß daher nur persönlichen und keinen erblichen Adel; mit einem Worte: die Verhältnisse waren mir günstig. Denn ich mußte in dieser Gesellschaft als ein Wesen aus einer höheren Welt erscheinen: war ich doch einmal Hauptmann bei einem glänzenden Regiment gewesen, besaß den erblichen Adel, war unabhängig usw. Was aber meine Leihkasse anbetrifft, so konnte sie den Tanten nur imponieren. Das Mädchen hatte bei den Tanten drei Jahre als Sklavin gelebt, aber trotzdem Zeit gefunden, irgendein Examen zu bestehen; sie hatte es bestanden trotz der unbarmherzigen täglichen Arbeit, zu der sie verdammt war;

dies zeugte aber unbedingt von einem Streben nach Höherem und Edlerem!

Stellte ich denn noch andere Ansprüche an eine Frau, die ich heiraten sollte? Von mir will ich hier übrigens gar nicht sprechen, zum Teufel mit mir! ... Es handelt sich auch gar nicht um mich! – Sie mußte die Kinder der Tante unterrichten, nähen und nicht nur Wäsche waschen, sondern auch die Dielen scheuern; und das mit ihrer schwachen Brust! Die Tanten mißhandelten sie sogar und warfen ihr jeden Bissen Brot vor. Zu guter Letzt wollten sie sie einfach verhandeln. Pfui! Ich will hier die schmutzigen Einzelheiten lieber übergehen. Später hat sie es mir selbst ausführlich erzählt. Das alles beobachtete ein ganzes Jahr lang ein dicker Krämer aus der Nachbarschaft; es war kein gewöhnlicher Krämer, sondern einer mit zwei Kolonialwarengeschäften. Er hatte bereits zwei Frauen unter die Erde gebracht und suchte gerade die dritte. So hatte er sein Auge auf sie geworfen. Er sagte sich wohl: "Sie ist so still, in Armut aufgewachsen, ich aber heirate nur wegen meiner mutterlosen Kinder."

Er hatte auch wirklich Kinder. Kurz und gut – er machte sich an die Tanten heran und freite um sie. Er war aber schon in den Fünfzigern; selbstverständlich war sie entsetzt. Eben um diese Zeit fing sie an, ihre Sachen bei mir zu versetzen, um mit dem Gelde die Annoncen zu bezahlen. Schließlich bat sie die Tanten, ihr nur noch eine Spanne Zeit zum Nachdenken zu lassen. Die Tanten gewährten ihr diese Spanne, eine zweite wollten sie ihr aber nicht gewähren; sie setzten ihr noch mehr als je zu: "Wir haben selbst nichts zu beißen und sollen dich miternähren!"

Als ich an jenem Morgen meinen Entschluß faßte, war mir das alles schon bekannt. Am Abend des gleichen Tages war der Kaufmann zu ihr ins Haus gekommen und hatte ein Pfund Konfekt, so eine Tüte für fünfzig Kopeken, aus seinem Laden mitgebracht. Während er also bei ihr saß, rief ich Lukerja aus der Küche und sagte ihr, sie solle zum Fräulein gehen und ihr zuflüstern, daß ich draußen vor dem Tore stehe und ihr etwas Dringendes zu sagen hätte. Ich war mit mir sehr zufrieden. Und überhaupt war ich an diesem Tage außerordentlich zufrieden.

Sie kam vor das Tor und war ganz erstaunt, daß ich sie hatte rufen lassen. Ohne viele Umschweife erklärte ich ihr in Lukerjas Gegenwart, daß ich es für ein Glück und für eine Ehre halten würde usw. Zweitens: sie möchte sich nicht darüber wundern, daß ich es so ganz unvermittelt und dazu noch vor dem Tore abmachen wolle; ich sei eben ein gerader und offener Mensch und hätte die Verhältnisse genau studiert. Das von der Offenheit meines Charakters war nicht einmal gelogen.

Nun, das ist doch nebensächlich. Ich sprach zu ihr nicht nur höchst anständig, wie es einem wohlerzogenen Menschen geziemt, sondern auch, was besonders wichtig war, recht originell. Ist es denn Sünde, wenn ich es offen bekenne? Ich will mich selbst richten und tue es auch. Ich muß pro und contra reden und rede so. Auch nachher habe ich mich dessen oft mit gewisser Genugtuung erinnert, obwohl es eigentlich recht dumm ist.

Ich erklärte ihr unumwunden, ohne jegliche Verwirrung, daß ich erstens nicht besonders begabt, nicht besonders klug, vielleicht auch nicht besonders gut, eigentlich ein recht billiger Egoist sei (ich erinnere mich ganz genau an diesen Ausdruck, den ich mir auf dem Wege zu ihr zurechtgelegt hatte und der mir damals besonders gut gefiel), und daß ich vielleicht auch in manchen anderen Beziehungen wenig Angenehmes an mir hätte. Ich sagte das alles nicht ohne Stolz; man weiß ja, wie man von solchen Dingen zu sprechen pflegt. Selbstverständlich hatte ich so viel Geschmack, daß ich nach der Aufzählung aller meiner Fehler nicht auch noch von meinen Vorzügen zu sprechen begann, etwa in der Form: "Dafür habe ich die und die Vorzüge."

Obwohl ich sah, daß es ihr noch recht bange zumute war, wollte ich doch nichts beschönigen; sogar im Gegenteil: ich malte alles in besonders düsteren Farben aus. Ich sagte ihr geradeaus, daß sie bei mir zwar immer satt werden würde, aber an Toiletten, Theater und Bälle nicht einmal denken dürfe; höchstens später einmal, wenn ich mein Ziel erreicht hätte. Dieser strenge Ton riß mich förmlich hin. Ich fügte noch hinzu, ebenfalls so nebenbei, daß ich mich mit meinem Gewerbe, d. h. mit dem Pfandleihgeschäft, nur darum befasse, weil ich dabei ein bestimmtes Ziel verfolge, und daß hier noch ein ganz besonderer Umstand mit im Spiele sei ...

Ich hatte ja ein Recht, so zu sprechen: ich verfolgte ja damals wirklich so ein Ziel, und es war ja auch wirklich so ein gewisser Umstand dabei. Ich will es Ihnen offen sagen, meine Herren: ich selbst habe ja meine Leihkasse am meisten gehaßt; wenn es auch lächerlich ist, in einem Gespräch mit sich selbst solche geheimnisvollen Phrasen zu gebrauchen, muß ich doch sagen, daß ich tatsächlich "Rache an der Gesellschaft" nahm; das ist wahr, wirklich wahr! Sie hatte also unrecht gehabt, als sie an jenem Morgen über diese meine "Rache an der Gesellschaft" ironisierte. Das heißt, sehen Sie, wenn ich es ihr mit diesen Worten gesagt hätte: "Ja, ich nehme Rache an der Gesellschaft", so hätte sie mir wieder ins Gesicht gelacht, wie sie am Morgen gelacht hatte, so wäre es wirklich lächerlich gewesen.

Doch durch eine indirekte Anspielung, durch die geheimnisvolle Phrase war es mir wirklich gelungen, ihrer Einbildung zu imponieren. Außerdem hatte ich damals nichts mehr zu befürchten, denn ich wußte ja, daß der dicke Krämer in jedem Fall abstoßender war als ich, und daß ich, der ich sie vor dem Tore erwartete, ihr wie ein Befreier erscheinen mußte. Ich war mir ja darüber ganz klar. Wenn der Mensch eine Gemeinheit tut, ist er sich darüber immer klar! War es aber auch wirklich eine Gemeinheit? Darf man einen Menschen für so etwas richten? Habe ich sie denn nicht schon damals geliebt?

Warten Sie: selbstverständlich ließ ich kein Wort darüber fallen, daß ich ihr mit meinem Antrag eine Wohltat erweise; sogar im Gegenteil: " *Sie* erweisen mir eine Wohltat, und ich nicht Ihnen." Ich sprach es sogar wörtlich so aus, was vielleicht etwas ungeschickt ausfiel, denn ich bemerkte eine flüchtige Falte auf ihrem Gesichte. Doch im großen ganzen hatte ich das Spiel gewonnen. Warten Sie: wenn ich schon von diesem Schmutze sprechen soll, so will ich auch die letzte Schweinerei nicht verschweigen. Während ich so vor ihr stand, regte sich in mir plötzlich der Gedanke: Du bist schlank, gut gewachsen, wohlerzogen und schließlich, offen gesagt, ein schöner Mann. Das ging mir so durch den Kopf. Selbstverständlich gab sie mir noch unten vor dem Tore ihr Jawort; doch ... doch ich muß hinzufügen: dort unten vor dem Tore dachte sie erst lange nach, ehe sie mir das Jawort gab. Sie dachte so lange, so unendlich lange nach, daß ich sie sogar fragen wollte: "Na, wie meinen Sie?" Ja, ich habe mich sogar nicht enthalten können und sie tatsächlich mit gewisser Überlegenheit gefragt: "Na, wie meinen Sie?" Ich kann mich noch gut auf dieses "Na" besinnen.

"Warten Sie, ich überlege es mir noch."

Sie machte dabei ein so ernstes Gesicht, ein Gesicht, daß ich darin schon damals alles hätte lesen können! Fühlte mich aber etwas gekränkt: "Schwankt sie denn wirklich", fragte ich mich, "zwischen mir und dem Krämer?" Damals begriff ich es noch nicht! Nichts, gar nichts begriff ich damals!

Bis auf den heutigen Tag habe ich nichts begriffen! Ich weiß noch, wie Lukerja mir nachgelaufen kam, mich auf der Straße anhielt und ganz außer Atem sagte: "Gott wird es Ihnen lohnen, Herr, daß Sie unser liebes Fräulein nehmen; aber sagen Sie ihr das nicht wieder, denn sie ist so stolz."

Sie ist also stolz. Gut! Ich bevorzuge sogar die Stolzen. Die Stolzen sind sogar besonders schön, wenn ... nun, wenn man an seiner Macht über sie nicht mehr zweifeln kann. Was sagen Sie dazu? O, ich niedriger, ungeschickter Mensch! Wie froh war ich darüber! Wissen Sie: während sie vor dem Tore stand und sich überlegte, ob sie mir ihr Jawort geben solle, und ich mich darüber wunderte, daß sie so viel Zeit dazu brauchte, wissen Sie, da hätte ihr ja leicht der Gedanke kommen können: "Wenn ich schon einmal in dieser unglücklichen Lage bin, so wäre es vielleicht besser, von den beiden Übeln das größere zu wählen, d. h. den dicken Krämer: dieser wird mich wenigstens in der Trunkenheit bald totprügeln!" Wie? Glauben Sie nicht auch, daß ihr dieser Gedanke hätte kommen können?

Ich verstehe aber auch jetzt nichts, ganz und gar nichts! Ich habe erst eben gesagt, daß dieser Gedanke ihr hätte leicht kommen können: "Soll ich nicht von den beiden Übeln das größere wählen, d. h. den Krämer?" Wer war aber das größere Übel – ich oder der Krämer? Der Krämer oder der Pfandleiher, welcher Goethe zitiert? Das ist ja noch eine Frage! Was für eine Frage? Auch das verstehst du nicht einmal: die Antwort liegt vor dir auf dem Tische, du aber sagst, es sei noch eine Frage! Zum Teufel mit mir! Es handelt sich gar nicht um mich ... Was geht es mich jetzt übrigens an, ob es sich um mich oder nicht um mich handelt? Das kann ich schon gar nicht entscheiden. Das Beste ist, ich lege mich schlafen. Mein Kopf tut mir so weh …

III.

Bin der edelste Mensch, glaube aber selbst nicht daran

Konnte nicht einschlafen. Wie sollte ich es auch, wenn es mir unaufhörlich im Kopfe hämmert? Ich will mir ja alles klären, diesen ganzen Schmutz klären. O, dieser Schmutz! Aus welchem Schmutz habe ich sie da herausziehen müssen! Sie mußte das doch einsehen und meine Handlungsweise zu schätzen wissen! Auch verschiedene andere Gedanken verschafften mir Genuß, z. B. daß ich einundvierzig war, und sie kaum sechzehn. Dieses Gefühl der Ungleichheit nahm mich ganz gefangen; es war ein so süßes, wollüstiges Gefühl.

Ich wollte z. B. die Hochzeit nach englischer Manier machen, d. h. ganz ohne Gäste mit nur zwei Zeugen, von denen Lukerja der eine sein sollte, und gleich nach der Trauung in den Zug steigen; irgendwohin, z. B. nach Moskau (wo ich sogar zufällig geschäftlich zu tun hatte) reisen und uns für etwa vierzehn Tage in einem Hotel einmieten. Sie wollte es aber nicht haben, ging darauf nicht ein, und so mußte ich die Tanten besuchen, sie mit großer Ehrfurcht wie Anverwandte behandeln, und in aller Form um ihre Hand anhalten. Ich tat ihr den Gefallen und gab den Tanten, was den Tanten gebührt. Ich schenkte sogar diesen Kreaturen je hundert Rubel und versprach, noch mehr zu schenken; sie durfte natürlich davon nichts erfahren, denn das Häßliche an der Sache würde sie kränken. Die Tanten wurden sofort weich wie Butter. Dann gab es noch einen Streit wegen der Aussteuer; sie hatte nichts, buchstäblich nichts, wollte aber auch nichts haben.

Mir gelang es jedoch, ihr zu beweisen, daß es ohne Aussteuer nicht ginge; also kaufte ich ihr die Aussteuer – wer hätte sie ihr denn sonst kaufen können? Doch zum Teufel mit mir. Es gelang mir, ihr noch während der Brautzeit einige von meinen Ansichten und Absichten klar zu machen, damit sie wisse, woran sie sei. Vielleicht war es auch eine Übereilung. Die Hauptsache aber war, daß sie mir schon gleich im Anfang, wie sehr sie sich auch zusammennahm, sozusagen in die Arme flog: sooft ich abends ins Haus kam, empfing sie mich ganz begeistert, erzählte mir mit ihrer kindlichen Stimme (o das bezaubernde Lallen der Unschuld!) von ihrer Kindheit und Jugend, von ihrem Elternhause, von Vater und Mutter. Ich dämpfte aber ihre Ekstase sofort mit einem kalten Wasserstrahl. Darin bestand eben mein ganzer Plan.

Ihr Entzücken beantwortete ich mit Schweigen, mit einem zwar wohlwollenden Schweigen, aus dem sie aber leicht hätte schließen können, daß ich ein ganz anderer Mensch als sie und eigentlich ein Rätsel sei. Auf das letztere pochte ich ganz besonders! Vielleicht hatte ich den ganzen Brei nur darum eingebrockt, um als ein Rätsel erscheinen zu können! Die Hauptsache war Strenge; Strenge war der erste Eindruck, den ich bei ihr erwecken wollte.

Mit einem Wort: schon damals, als ich mit mir so sehr zufrieden war, hatte ich mir ein ganzes System aufgebaut. Dieses System entwickelte sich in meinem Geiste ganz von selbst, ohne die geringste Anstrengung meinerseits. Ich konnte auch gar nicht anders: ich *mußte* schon aus einem gewissen, durchaus unabwendbaren Grunde dieses System haben ... Warum soll ich mich denn verleumden! Das System war jedenfalls richtig. Nein, hören Sie nur: wenn Sie schon einmal einen Menschen richten, so müssen Sie doch die ganze Sachlage kennen ... Hören Sie also weiter.

Wie soll ich es nur sagen? Es ist nämlich gar nicht so leicht. Wenn ich nur anfange, mich zu rechtfertigen, stoße ich gleich auf Schwierigkeiten. Sehen Sie: die Jugend verachtet z. B. das Geld; ich verlegte aber sofort das Schwergewicht auf das Geld. Ich machte es mit solchem Nachdruck, daß sie immer schweigsamer wurde. Sie sah mich groß an, hörte mir zu und verstummte. Sehen Sie: die Jugend ist großmütig, ich meine die gute Jugend; sie ist großmütig und zu schnellen Entschlüssen geneigt, dafür aber wenig tolerant: alles, was ihr nicht paßt, straft sie mit Verachtung. Ich wollte ihr aber diese Unduldsamkeit austreiben, wollte ihr ganz entgegengesetzte Ansichten, einen weiten, alles begreifenden Blick anerziehen, sozusagen einimpfen. Sie verstehen doch, was ich damit sagen will? Ich will es an einem ganz einfachen Beispiele zeigen: wie sollte ich z. B. einem solchen Wesen meine Leihkasse erklären?

Natürlich brachte ich die Rede nicht so unvermittelt darauf, denn so hätte ich den Anschein erwecken können, als ob ich sie wegen der Kasse um Verzeihung bitten wollte; ich spielte vielmehr den Stolzen und sprach zu ihr schweigend. Darauf verstehe ich mich aber ausgezeichnet: mein Leben lang habe ich immer schweigend gesprochen, habe auch innere Tragödien schweigend erlebt. War ich ja doch auch einmal unglücklich gewesen! Alle hatten mich verstoßen, verworfen und vergessen, und kein Mensch wußte etwas davon!

Dieser sechzehnjährige Fratz schnappte aber plötzlich von gemeinen Menschen gewisse Einzelheiten über mein Vorleben auf und glaubte alles zu wissen, während das Wichtigste in meiner Brust verborgen war. Solange ich mit ihr lebte, schwieg ich immer, und schwieg so vielsagend; ich schwieg bis zum gestrigen Tag. Weshalb schwieg ich denn nur? Ja, ich war eben der stolze Mensch. Ich wollte, daß sie mich selbst, ohne meine Hilfe und nicht aus den Berichten gemeiner Menschen kennen lernte, daß sie mich ergründete und mein Rätsel löste. Wenn ich sie schon einmal in mein Haus aufnahm, so sollte sie mir volle Achtung entgegenbringen. Ich wollte, daß sie mich mit gefalteten Händen anbetete für alle meine Leiden. Und ich war es wirklich wert! O, ich war immer stolz und wollte immer entweder alles oder gar nichts! Eben aus diesem Grunde, weil ich mich nicht mit einem halben Glücke begnügen kann, sondern nach dem ganzen strebe, mußte ich damals so handeln; ich sagte ihr gleichsam: "Du sollst selbst alles erraten und mich dann schätzen lernen!" Sie werden es mir doch zugeben, daß, wenn ich ihr selbst alles erklärt und vorgesagt hätte, wenn ich vor ihr Finten machen wollte, um ihre Achtung zu erlangen, so wäre es doch dasselbe, wie wenn ich sie um ein Almosen anflehte ... Übrigens ... übrigens, warum rede ich noch davon?

Dumm, dumm, dumm, furchtbar dumm! Ich habe ihr damals in zwei Worten ohne Umschweife und erbarmungslos (ich betone, daß es erbarmungslos war) erklärt, daß die jugendliche Großmut zwar reizend, doch keinen Heller wert sei. Und warum? Weil sie der Jugend, die sie noch nicht am richtigen Leben erprobt hat, gar zu billig zu stehen kommt; sie gehört eben zu den sogenannten "ersten Eindrücken des Seins". Wo bleibt diese Großmut, wenn der Ernst des Lebens beginnt?

Solche billige Großmut zu zeigen, ist wirklich nicht schwer; wenn das junge Blut vor Überfluß an Lebenskraft kocht und schäumt und wenn man mit seinem ganzen Wesen nach Schönheit lechzt, ist es sogar kein Kunststück, sein Leben zu opfern. Nein, nehmen Sie dagegen eine schwierige, stille, lautlose und glanzlose Tat der Großmut, die viele Opfer kostet und keinen Tropfen Ruhm einbringt; denken Sie sich den Fall, daß Sie, ein makelloser Mensch, gegen Verleumdungen zu kämpfen haben und von allen als Schurke behandelt werden, während Sie der ehrlichste Mensch in der Welt sind; versuchen Sie einmal unter solchen Umständen Großmut zu zeigen! Nein, Sie werden darauf verzichten! Und ich – ich habe mein ganzes Leben lang das Kreuz einer solchen Tat getragen.

Anfangs widersprach sie mir, und noch wie! Dann aber wurde sie allmählich stiller und war schließlich ganz verstummt, sah mich nur mit ihren merkwürdig großen Augen erstaunt an und hörte mir aufmerksam zu ... Außerdem ... ja, außerdem bemerkte ich ein Lächeln, ein mißtrauisches, stummes, nichts Gutes verheißendes Lächeln auf ihrem Gesicht. Und mit diesem Lächeln trat sie in mein Haus. Aber es ist ja wahr, wohin hätte sie denn sonst gehen können? ...

IV.
Lauter Pläne und Pläne

Ja, wer von uns beiden fing damals zuerst an?

Keiner. Es begann ganz von selbst, vom ersten Schritt. Ich habe eben gesagt, daß ich sie vom ersten Tage an mit großer Strenge behandeln wollte; ich milderte aber diese Strenge gleich am ersten Tage. Als sie noch Braut war, hatte ich ihr erklärt, daß sie in meinem Geschäfte arbeiten, also Pfänder annehmen und Geld herausgeben würde, worauf sie mir damals nichts erwiderte (wollen Sie sich, bitte, diesen Umstand genau merken!). Und noch mehr als das, sie machte sich an die Sache sogar mit großem Eifer. Meine Wohnung und Einrichtung blieben, versteht sich, unverändert.

Die Wohnung bestand aus zwei Zimmern; das eine war ein großer Saal, von dem ein Teil als Geschäftslokal abgeteilt war, und das andere diente uns als gemeinsames Wohn- und Schlafzimmer. Die Möbel waren recht ärmlich, selbst die Tanten besaßen eine schönere Einrichtung. Mein Heiligenschrein mit dem Lämpchen hängt im Saal hinter dem Verschlage, wo sich die Kasse befindet; in meinem Zimmer habe ich meinen Schrank, in dem ich auch einige Bücher verwahre, und meinen Koffer – die Schlüssel trage ich immer bei mir; dann gibt es noch ein Bett, einige Stühle, Tische und was man sonst noch hat.

Als sie noch Braut war, hatte ich ihr erklärt, daß ich ihr für unsere Beköstigung, d. h. für mich, sie und Lukerja, die ich mit übernommen hatte, täglich einen Rubel und keine Kopeke mehr geben würde: "Ich muß in den nächsten drei Jahren", sagte ich ihr, "dreißigtausend Rubel ersparen, und das ist nur bei der größten Einschränkung möglich." Sie widersprach nicht, aber ich erhöhte aus eignem Antrieb die Summe um dreißig Kopeken täglich. Ebenso war es mit dem Theater. Ich hatte ihr ja erklärt, daß sie auf alle Vergnügungen verzichten müßte, änderte aber diesen Beschluß dahin ab, daß ich versprach, mit ihr doch einmal im Monat ins Theater zu gehen und sogar standesgemäß im Parkett zu sitzen. Wir waren auch tatsächlich dreimal zusammen da.

Wir sahen: "Die Jagd nach dem Glück", "Pericola" und, wenn ich mich recht erinnere ... zum Teufel, zum Teufel damit! Schweigend gingen wir hin und kehrten schweigend wieder heim. Warum, ja warum schwiegen wir so von Anfang an? In der ersten Zeit gab es ja gar keine Zwistigkeiten, nur Schweigen. Sie blickte mich oft so eigentümlich an; als ich dies bemerkte, schwieg ich noch hartnäckiger als je. Allerdings hatte ich dieses Schweigen eingeführt, und nicht sie. Sie hatte sogar ein- oder zweimal versucht, diesem Zustand ein Ende zu machen, indem sie mir leidenschaftlich um den Hals fiel; da aber diese Ausbrüche von Leidenschaft krankhaft und hysterisch waren, ich aber nach einem dauerhaften und gesunden Glück strebte, so blieb ich in solchen Fällen kühl. Hatte auch recht: nach solchen Szenen gab es immer am nächsten Tage Streit.

D. h. Streit gab es eigentlich nicht, es gab nur noch ein hartnäckigeres Schweigen und – immer frechere Blicke ihrerseits. "Aufruhr und Unabhängigkeit!" – das war ihr System; doch sie machte es schlecht. Ja, dieses sanfte Gesicht wurde von Tag zu Tag trotziger. Glauben Sie es mir, ich begann ihr Ekel einzuflößen, habe es genau studiert. Aber daß sie zuweilen außer sich geriet, das war außer jedem Zweifel. Wie konnte sie, die ich aus solchem Schmutz und solcher Armut herausgezogen, die noch vor kurzem Dielen gescheuert hatte, wie konnte sie z. B. über unsere Armut die Nase rümpfen?

Denn sehen Sie, es war keine Armut, es war nur Sparsamkeit; dort, wo es am Platze war, wurde bei uns sogar ein gewisser Luxus getrieben: so z. B. mit der Wäsche, mit der Reinlichkeit. Ich war auch früher stets der Ansicht, daß der Mann eine Frau am leichtesten fesselt, wenn er reinlich ist. Sie empörte sich übrigens weniger gegen die Armut als gegen meine Sparsamkeit, die sie für übertrieben hielt: "Ja, er spricht immer von einem Ziel, das er verfolgt, zeigt einen festen Charakter." Auf das Theater verzichtete sie plötzlich ganz von selbst. Und immer öfter zeigte sich die spöttische Falte an ihrem Munde ... Und ich schwieg immer hartnäckiger und hartnäckiger.

Ich werde mich doch nicht rechtfertigen wollen!? Der wunde Punkt war eben die Leihkasse. Gestatten Sie nur: ich wußte sehr gut, daß eine Frau, und dazu noch solch ein sechzehnjähriges Ding, gar nicht umhin kann, sich dem Manne völlig unterzuordnen. Denn die Frauen haben nichts Originelles an sich, das ist ein Axiom; auch jetzt, auch jetzt noch halte ich es für ein Axiom! Ist denn das, was dort auf dem Tische liegt, ein Gegenbeweis? Wahrheit bleibt immer wahr, dagegen kann selbst Mill nichts machen! Und die liebende Frau, o, die liebende Frau! – die vergöttert sogar die Laster und die größten Schandtaten des geliebten Mannes. Er selbst kann seine Schandtaten nie so geschickt rechtfertigen, wie sie es für ihn tut. Das ist großmütig, doch nicht originell. Die Frauen gehen eben an dieser Unoriginalität zugrunde. Und was weisen Sie mir schon wieder auf den Tisch hin? Was soll das beweisen? Ist etwa das, was dort auf dem Tische liegt, originell? Ach Gott!

Hören Sie: ich hatte damals keinen Grund, an ihrer Liebe zu zweifeln. Fiel sie mir doch so oft um den Hals. Folglich liebte sie mich, wollte mich jedenfalls lieben. Ja, das war es eben: sie *wollte* mich lieben, sie gab sich Mühe, mich zu lieben. Es lagen ja auch gar keine Schandtaten meinerseits vor, für die sie eine Rechtfertigung hätte suchen müssen; und das ist doch sehr wesentlich! Sie sagen, ich bin ein Pfandleiher, und alle sagen dasselbe. Was ist denn dabei?

Es muß doch seinen Grund gehabt haben, daß der großmütigste Mensch zum Pfandleiher geworden ist. Denn sehen Sie, es gibt Ideen ... d. h. wenn man manche Idee in Worte kleidet und laut ausspricht, so klingt sie furchtbar dumm. So dumm, daß man sich selbst ihrer schämt. Und warum? Darum. Weil wir alle so schlecht sind, daß wir die Wahrheit gar nicht vertragen können; einen andern Grund wüßte ich wirklich nicht. Ich sagte soeben: "Der großmütigste Mensch." Das klingt lächerlich, ist aber wahr, ist die allerwahrste Wahrheit! Ja, ich hatte damals *das Recht*, mir meine Zukunft sichern zu wollen, folglich auch diese Leihkasse zu gründen. "Sie, d. h. nicht *Sie*, sondern die Menschen haben mich verstoßen, haben mich mit verächtlichem Schweigen aus ihrer Gemeinschaft gejagt.

Meinen leidenschaftlichen Drang zu ihnen haben sie mit Beleidigungen für mein ganzes Leben beantwortet. Also habe ich das Recht, mich durch eine Mauer von ihnen abzusondern, mir diese dreißigtausend Rubel zu ersparen und mein Leben irgendwo in der Krim am Meeresstrand, zwischen Bergen und Weingärten, auf meinem eigenen Gut, das ich mir für die dreißigtausend Rubel kaufen will, zu beschließen; vor allen Dingen aber ferne von allen, doch ohne Haß gegen sie, mit meinem Ideal in der Brust, an der Seite einer geliebten Frau und von Kindern umgeben, wenn Gott uns solche schenken wolle, zu leben und dabei den notleidenden Bauern der Gegend nach Kräften behilflich zu sein." – Ich darf es ja jetzt, wo ich zu mir spreche, laut sagen; was hätte es aber Dümmeres geben können, als wenn ich es ihr damals so ausgemalt hätte?

Daher kam eben mein stolzes Schweigen, daher lebten wir stumm nebeneinander. Was hätte sie auch davon verstehen können? Wie hätte sie mit ihren sechzehn Jahren, "im Lenze des Lebens", meine Leiden und meine Rechtfertigungen begreifen können? Auf der einen Seite – übertriebene Offenheit, völlige Unkenntnis des Lebens, billige, jugendliche Überzeugungen, die Kurzsichtigkeit einer "schönen Seele", auf der anderen Seite – die Leihkasse; und diese gab den Ausschlag. (War ich denn übrigens ein Bösewicht?

Hatte sie denn nicht gesehen, daß ich das Geschäft ehrlich führte und niemand übervorteilte?) Wie schrecklich ist doch die Wahrheit auf Erden! Dieses reizende Wesen, diese Sanfte, dieser Himmel voller Seligkeit – war mein Tyrann, der unerträgliche Marterer meiner Seele! Ich würde mich ja selbst verleumden, wenn ich das verschweigen wollte! Sie glauben vielleicht, daß ich sie nicht geliebt habe? Wer darf da behaupten, daß ich sie nicht liebte? Sehen Sie, das war eine Ironie, eine boshafte Ironie des Schicksals und der Natur! Wir sind alle verflucht, das Leben aller Menschen ist ein Fluch! (Und mein Leben erst recht!) Jetzt sehe ich ja vollkommen ein, daß ich irgendeinen Fehler gemacht habe! Irgendwie muß ich mich verrechnet haben.

Mein Plan war ja so klar wie die Sonne: "Streng, stolz, bedarf keines moralischen Trostes, ziehe es vor, meine Leiden schweigend zu tragen." So war es ja auch, ich habe nicht gelogen, wirklich nicht gelogen! "Sie wird später selbst einmal begreifen, wie großmütig ich war, und sich sagen, daß sie meine Großmut verkannt hatte; und wenn ihr dies einmal zum Bewußtsein kommt, wird sie mich zehnfach schätzen, vor mir in den Staub sinken und mich mit gefalteten Händen anbeten." Das war eben mein Plan. Irgend etwas hat aber darin nicht gestimmt. Irgend etwas habe ich nicht zu tun verstanden. Doch genug, genug davon! Wen soll ich jetzt um Verzeihung bitten? Hin ist hin. Mensch, sei stolz und selbstbewußt! Nicht du bist daran schuld!...

Nun, ich will die Wahrheit sagen, ich fürchte mich nicht, der Wahrheit ins Gesicht zu schauen: *sie* ist an allem schuld, nur *sie*! ...

V.

Die Sanfte revoltiert

Die Zwistigkeiten begannen damit, daß es ihr plötzlich einfiel, die Pfänder, die man uns brachte, nach ihrem Gutdünken und oft über den eigentlichen Wert hinaus einzuschätzen; ein- oder zweimal ließ sie sich sogar herab, mit mir über dieses Thema zu streiten. Ich ließ mich aber nicht umstimmen. Da mußte mir der Teufel diese Hauptmannswitwe schicken.

Die alte Hauptmannswitwe brachte ein Medaillon, ein Geschenk ihres verstorbenen Mannes, selbstverständlich "ein teueres Andenken". Ich gab ihr darauf dreißig Rubel. Sie begann zu jammern und zu bitten, man möchte ihr den Gegenstand ja gut aufbewahren, sie wolle ihn unbedingt auslösen; selbstverständlich versprach ich ihr es. Kurz und gut, nach fünf Tagen kam sie wieder und bat, man möchte ihr das Medaillon gegen ein Armband, das höchstens acht Rubel wert war, umtauschen; selbstverständlich ging ich auf den Tausch nicht ein. Wahrscheinlich hatte sie schon damals etwas in den Augen meiner Frau gelesen; denn nach einigen Tagen kam sie wieder – ich war gerade nicht zu Hause – und meine Frau tauschte ihr das Medaillon um.

Ich erfuhr davon noch am selben Tage und sprach mit ihr darüber sanft, aber fest und vernünftig. Sie saß auf dem Bett, blickte zu Boden und spielte mit der rechten Fußspitze auf dem Teppich (es war ihre charakteristische Angewohnheit). Ein Lächeln, das nichts Gutes verhieß, spielte auf ihren Lippen; da erklärte ich ihr, ohne meine Stimme zu erheben, daß es sich um *mein* Geld handle, und daß ich das Recht hätte, das Leben mit *meinen* Augen zu betrachten und daß ich, als ich sie in mein Haus geführt, vor ihr nichts verheimlicht hätte.

Plötzlich sprang sie, am ganzen Körper zitternd, auf und begann – was glauben Sie wohl – wie wahnsinnig mit den Füßen zu stampfen; sie war in diesem Augenblick wie ein Tier, es war wie ein Anfall von Raserei, sie war wie ein rasendes Tier. Ich war starr vor Staunen; einen solchen Auftritt hätte ich von ihr nie erwartet. Verlor aber nicht die Selbstbeherrschung, zuckte mit keiner Wimper und erklärte ihr mit derselben ruhigen Stimme wie vorhin, daß ich sie der weiteren Mitarbeit an meinem Geschäfte enthebe. Sie lachte mir laut ins Gesicht und verließ die Wohnung.

Sie hatte aber gar kein Recht, die Wohnung zu verlassen: so war es noch während der Brautzeit zwischen uns abgemacht. Gegen Abend kehrte sie heim; ich sagte kein Wort.

Am nächsten Tage ging sie gleich am frühen Morgen weg; am übernächsten wieder. Ich schloß das Geschäft und begab mich zu den Tanten. Mit den Tanten hatte ich seit der Hochzeit nicht mehr verkehrt; weder ließ ich sie über meine Schwelle, noch gingen wir zu ihnen. Es stellte sich heraus, daß sie gar nicht bei ihnen gewesen war. Die Tanten hörten mir interessiert zu und lachten mich aus: "Geschieht Ihnen recht!" Auf solchen Hohn war ich aber gefaßt.

Bei dieser Gelegenheit bestach ich die jüngere Tante, die unverheiratete, mit fünfundzwanzig Rubeln und versprach ihr noch weitere fünfundsiebzig. Nach zwei Tagen kam sie zu mir und meldete: "Hier ist ein Offizier, der Leutnant Jefimowitsch, Ihr früherer Regimentskamerad, im Spiele." Ich war sehr erstaunt. Dieser Jefimowitsch hatte mir im Regiment am meisten geschadet; vor einem Monat war der unverschämte Mensch unter dem Vorwande, etwas versetzen zu wollen, bei mir gewesen und hatte, ich weiß es noch genau, versucht, mit meiner Frau anzubandeln. Ich war damals an ihn herangetreten und hatte ihm bedeutet, er solle mit Rücksicht auf unsere früheren Beziehungen sich nie wieder unterstehen, über meine Schwelle zu treten; dabei hatte ich mir aber nichts Besonderes gedacht, hielt ihn einfach für einen frechen Kerl. Da teilte mir aber die

Tante mit, daß meine Frau mit ihm sogar schon ein Stelldichein verabredet hätte und daß eine frühere Bekannte der Tanten, eine gewisse Julia Ssamssonowna, eine Witwe, und dazu noch eine Oberstenwitwe, die ganze Sache deichsle; "zu diesem Frauenzimmer geht Ihre Frau."

Ich will das Bild abkürzen. Die Sache kostete mich im ganzen etwa dreihundert Rubel, dafür war ich aber nach zwei Tagen so weit, daß mir die Möglichkeit gegeben wurde, während des Stelldicheins meiner Frau mit Jefimowitsch im Nebenzimmer hinter einer angelehnten Türe zu stehen und das erste Zwiegespräch, das die beiden unter vier Augen hatten, zu belauschen. Am Abend vorher gab es noch zwischen uns eine kurze, für mich aber allzu bedeutsame Szene.

Sie kam wieder gegen Abend heim, setzte sich aufs Bett, sah mich spöttisch an und begann wieder mit dem Füßchen auf dem Teppich zu spielen. Wie ich sie so ansah, kam es mir plötzlich zum Bewußtsein, daß sie in diesem letzten Monat, oder richtiger in den letzten vierzehn Tagen, nicht ihr gewöhnliches Wesen, nein, ein ganz fremdes, dem ihrigen entgegengesetztes Wesen gezeigt hatte: sie war plötzlich ein ganz wildes, aggressives, ich will nicht sagen schamloses, jedenfalls aber zügelloses Geschöpf geworden, das sich nach Stürmen sehnte, sie sogar förmlich heraufbeschwor. Dabei war ihr aber ihre natürliche Sanftmut im Wege. Wenn solch ein sanftes Geschöpf zu revoltieren anfängt und sogar jedes Maß überschreitet, kann man ihm doch immer ansehen, daß es sich dabei selbst Gewalt antut und die ihm angeborene Keuschheit und Scham unmöglich ganz unterdrücken kann. Daher überschreiten solche Naturen so leicht alle Grenzen, daß man seinen Augen gar nicht traut. Dagegen wird sich eine von Natur aus verderbte Seele bei solchen Anlässen immer im Zaume zu halten wissen; sie macht es häßlicher, doch mit erheucheltem Anstand, und maßt sich, an, Ihnen damit überlegen zu sein.

"Ist es wahr, daß man Sie aus dem Regiment fortgejagt hat, weil Sie aus Feigheit einem Duell ausgewichen sind?" fragte sie mich plötzlich mit blitzenden Augen.

"Ja, es ist wahr. Das Ehrengericht hatte mich aufgefordert, aus dem Regiment auszutreten, obwohl ich schon vorher um meinen Abschied eingekommen war."

"Man hat Sie doch als Feigling fortgejagt?"

"Ja, so hieß es im Urteilsspruch. Ich hatte aber das Duell nicht aus Feigheit ausgeschlagen, sondern weil ich mich dem tyrannischen Urteil nicht unterwerfen wollte: ich sollte nämlich jemand fordern, der mich gar nicht beleidigt hatte. Sie müssen wissen, daß die Auflehnung gegen solche Tyrannei und die Bereitschaft, alle Folgen dieser Auflehnung auf sich zu nehmen, einen viel größeren Mut bedeutete als jeder Zweikampf."

Ich hatte mich eben nicht beherrschen können, und meine letzten Worte klangen wie der Versuch einer Rechtfertigung; sie schien aber nur darauf gewartet zu haben, um über mich in meiner Erniedrigung lachen zu können.

"Ist es wahr, daß Sie sich dann drei Jahre lang wie ein Vagabund in den Straßen Petersburgs herumgetrieben haben, die Leute um zehn Kopeken angebettelt und sogar manchmal unter Billardtischen übernachtet haben?"

"Ich will noch mehr sagen: ich habe sogar oft im Nachtasyl am Heumarkt übernachtet. Ja, es ist wahr: nachdem ich das Regiment verlassen hatte, habe ich viel Schmach erlebt und bin tief gesunken; doch nie moralisch gesunken, denn ich selbst haßte am meisten meine Handlungen. Es war bloß ein Nachlassen meines Willens und meines Verstandes, hervorgerufen durch meine verzweifelte Lage. Nun habe ich das alles hinter mir ..."

"Ja, jetzt sind Sie ja eine Persönlichkeit, ein Kapitalist!"

Es war offenbar eine Anspielung auf die Pfandkasse. Ich hatte aber meine Selbstbeherrschung wiedergewonnen. Ich sah, daß sie noch weitere erniedrigende Erklärungen von mir erwartete, tat ihr aber nicht den Gefallen. Wie gerufen klingelte in diesem Augenblicke ein Kunde, und ich ging ins andere Zimmer. Später, nach einer Stunde, als sie schon zum Ausgehen angekleidet war, trat sie plötzlich vor mich hin und sagte:

"Warum haben Sie mir aber vor der Hochzeit kein Wort davon gesagt?"

Ich gab ihr keine Antwort, und sie ging fort.

Am nächsten Tage stand ich also in jenem Nebenzimmer hinter der Türe und hörte zu, wie sich mein Schicksal entschied; in der Tasche hatte ich meinen Revolver. Sie war etwas eleganter als gewöhnlich gekleidet und saß am Tisch, während Jefimowitsch sich anstrengte, im schönsten Lichte zu erscheinen. Und was glauben Sie? Es kam genau so (zu meiner Ehre sei es gesagt!), es kam genau so, wie ich es unbewußt vorausgeahnt und vorausgesehen hatte. Ich weiß nicht, ob ich mich klar genug ausdrücke.

Es kam so. Ich hörte eine geschlagene Stunde zu, und eine geschlagene Stunde währte der Zweikampf zwischen einer überaus edlen und erhabenen Frau und einem verdorbenen, stumpfen Kerl, einem Salonmenschen mit niedriger Gesinnung. Und woher, fragte ich mich ganz bestürzt, woher hat nur dieses naive, sanfte, sonst so schweigsame Geschöpf alle diese Worte und Kenntnisse her? Selbst der geistreichste Lustspieldichter hätte diese Szene voller Hohn und heiliger Verachtung, die die Tugend für das Laster hat, nicht erfinden können. Wieviel Geistesblitze waren in allen ihren Worten und Bemerkungen, wie scharfsinnig waren ihre raschen Antworten, wie wahr und gerecht alle ihre Urteile! Und zugleich diese mädchenhafte Naivität! Sie lachte ihm über seine Liebeserklärungen, Gesten und Anträge ins Gesicht.

Er war offenbar mit der Absicht gekommen, die Sache gleich roh anzupacken, und hatte solchen Widerstand nicht erwartet; nun stand er wie ein begossener Pudel da. Anfangs hätte ich ja glauben können, daß es ihrerseits nur Koketterie wäre, "die Koketterie eines verderbten, aber geistreichen Geschöpfes, das auf diese Weise begehrlicher erscheinen will". Aber nein: die Wahrheit erstrahlte klar wie die Sonne, und alle Zweifel mußten weichen. Nur aus Haß gegen mich, in den sie sich selbst hineingeredet hatte, hatte sie sich in ihrer Unerfahrenheit zu diesem Stelldichein bewegen lassen; als sie aber vor der Tatsache stand, gingen ihr plötzlich die Augen auf.

Sie hatte in ihrer Herzensunruhe nach einer Möglichkeit gesucht, mich irgendwie, um jeden Preis zu beleidigen; und doch schreckte sie im entscheidenden Augenblick vor dem Schmutz zurück. Wie hätte auch dieser Jefimowitsch oder jemand seinesgleichen sie, die Sündenlose und Reine, die ihr Ideal im Herzen hatte, verführen können? Im Gegenteil, er rief bei ihr nur Gelächter hervor. Die ganze Wahrhaftigkeit ihres Wesens kam zum Durchbruch, und ihr Widerwille äußerte sich in Sarkasmus. Wie gesagt, dieser Hanswurst stand schließlich wie ein begossener Pudel da, war ganz kleinlaut geworden, so daß ich fürchtete, er könnte sie aus niedriger Rachsucht beleidigen.

Und es sei nochmals zu meiner Ehre gesagt: ich hörte dieser Szene fast ohne Erstaunen zu. Ich hatte gleichsam etwas mir Wohlbekanntes wiedergefunden, war nur deswegen hingegangen, um es wiederzufinden. Als ich hinging, glaubte ich im Grunde an keine der Beschuldigungen, obgleich ich mir auch den Revolver eingesteckt hatte. Das ist die ganze Wahrheit! Hätte ich von ihr überhaupt etwas anderes erwarten können? Hätte ich sie sonst geliebt, geschätzt, geheiratet? O, ich sah, wie sehr sie mich haßte, sah aber auch zugleich, wie unverdorben sie war. Ich machte der Szene plötzlich ein Ende, indem ich die Türe öffnete. Jefimowitsch sprang auf; ich nahm sie bei der Hand und forderte sie auf, mit mir zu gehen. Jefimowitsch fand seine Fassung bald wieder und lachte laut auf:

"O, gegen die geheiligten Rechte des Gatten kann ich nichts machen, führen Sie sie nur fort! – Und wissen Sie," rief er mir nach, "obwohl sich ein anständiger Mensch mit Ihnen nicht schlagen kann, stehe ich doch, aus Achtung für die Dame, zu Ihrer Verfügung. Wenn Sie es nur riskieren ..."

"Sie hören?!" sagte ich ihr, sie einen Augenblick auf der Schwelle zurückhaltend.

Auf dem Wege nach Hause sprach keiner von uns ein Wort. Ich führte sie am Arm, und sie ließ sich von mir führen. Sie war sogar furchtbar bestürzt und blieb es auch, als wir die Wohnung erreichten. Sie setzte sich auf einen Stuhl und heftete auf mich ihren starren Blick. Sie war ungewöhnlich bleich; auf ihren Lippen spielte zwar ein spöttisches Lächeln, sie sah mich aber seltsam feierlich und herausfordernd an und schien ernsthaft daran zu glauben, daß ich sie sofort mit dem Revolver niederschießen würde. Ich nahm den Revolver schweigend aus der Tasche und legte ihn auf den Tisch.

Sie blickte jetzt abwechselnd auf die Waffe und auf mich. (Beachten Sie, bitte, folgenden Umstand: dieser Revolver war ihr schon bekannt. Ich hatte ihn mir noch bei der Eröffnung meiner Leihkasse angeschafft, und er war immer geladen. Als ich das Geschäft gründete, beschloß ich, mir weder große Hunde noch einen starken Diener, wie ihn z. B. Moser hat, zu halten. Denn bei mir öffnet die Köchin die Türe. Ein Leihkassenbesitzer darf aber doch nicht ganz auf Selbstschutz verzichten; daher hatte ich den geladenen Revolver. Sie zeigte schon gleich im Anfang Interesse für den Revolver, und ich mußte ihr das System und die Handhabung erklären; ich überredete sie sogar einmal, mit dieser Waffe nach einem Ziel zu schießen. Ich bitte Sie, dies alles zu beachten.) Ohne ihren verstörten Blicken weitere Beachtung zu schenken, legte ich mich halb angekleidet ins Bett. Ich fühlte mich sehr matt, auch war es schon elf Uhr geworden. Sie blieb noch etwa eine Stunde regungslos auf ihrem Stuhle sitzen. Dann löschte sie das Licht aus und legte sich, gleichfalls angekleidet, auf den Diwan, der an der Wand stand. Das war das erstemal, daß sie sich nicht zu mir ins Bett legte. Wollen Sie sich, bitte, auch diesen Umstand merken ...

VI.

Eine schreckliche Erinnerung

Nun diese schreckliche Erinnerung ...

Ich erwachte am Morgen so zwischen sieben und acht Uhr, als es im Zimmer schon fast hell war. Ich erwachte mit einem Ruck bei vollem Bewußtsein und schlug sofort die Augen auf. Sie stand vor dem Tisch und hielt den Revolver. Sie merkte nicht, daß ich wach war und sie beobachtete. Plötzlich sehe ich, wie sie mit dem Revolver in der Hand auf mich zugeht. Ich schloß rasch die Augen und stellte mich schlafend.

Sie kam an mein Bett und beugte sich über mich. Ich hörte jede ihrer Bewegungen; es herrschte eine Totenstille, und ich hörte diese Stille. Etwas durchzuckte mich, und ich schlug plötzlich, ganz gegen meinen Willen, die Augen auf. Sie blickte mir gerade in die Augen, und der Revolver war schon dicht an meiner Schläfe. Unsere Blicke begegneten sich. Wir sahen einander nur einen Bruchteil einer Sekunde an. Ich nahm meine ganze Seelenkraft zusammen und zwang mich, die Augen wieder zu schließen und sie nicht wieder zu öffnen; mich überhaupt nicht zu rühren, geschehe, was da wolle.

Es kommt ja auch wirklich vor, daß ein fest schlafender Mensch plötzlich die Augen aufreißt, sogar seinen Kopf für einen Augenblick hebt und sich im Zimmer umsieht, dann aber wieder bewußtlos in die Kissen sinkt und einschläft, ohne sich später an den ganzen Vorgang zu erinnern. Als ich, nachdem sich unsere Blicke getroffen und ich den Revolver an meiner Schläfe gefühlt hatte, meine Augen plötzlich wieder schloß und regungslos wie ein Schlafender dalag, konnte sie wirklich annehmen, daß ich schliefe und nichts gesehen hätte, um so mehr, als es doch ganz unwahrscheinlich erscheinen mußte, daß einer, der das gesehen, was ich gesehen, in einem *solchen* Augenblick die Augen wieder geschlossen hätte.

Ja, es war durchaus unwahrscheinlich. Sie hätte aber auch die Wahrheit erraten können; auch das durchzuckte mein Hirn in diesem selben Augenblick. Welch ein Sturm von Gedanken und Empfindungen raste in diesem kurzen Augenblick in meinem Geiste! Es lebe die Elektrizität des menschlichen Gedankens! In diesem Falle (sagte ich mir), wenn sie die Wahrheit erraten hat und weiß, daß ich nicht schlafe, muß ich sie schon durch meine Bereitschaft, den Tod hinzunehmen, entwaffnet haben, und ihre Hand wird den Hahn nicht abdrücken können. Ihre frühere Entschlossenheit könnte ja an diesem unerwarteten Eindruck zerschellen. Es scheint mir, daß einer, der am Rande eines Abgrundes steht, sich von diesem Abgrund angezogen fühlt. Ich glaube, daß viele Selbstmorde und Morde nur darum verübt worden sind, weil der Täter bereits den Revolver in der Hand hatte. Das ist ja auch so ein Abgrund, ein Abhang von 45 Grad, den man hinabgleiten *muß*, und etwas zwingt einen, den Hahn abzudrücken. Nur das Bewußtsein, daß ich alles gesehen, alles weiß und schweigend den Tod von ihrer Hand erwartete, hätte sie noch auf der steilen Fläche aufhalten können.

Die Stille dauerte fort, und plötzlich fühlte ich an meiner Schläfe, an meinen Haaren die kalte Berührung des Eisens. Ich will Ihnen, wie vor Gott, bekennen: ich hatte gar keine Hoffnung, und meine Chancen verhielten sich wie eins zu hundert. Warum ich dann den Tod so ruhig hinnahm? Darauf werde ich Sie fragen: was für einen Wert hatte für mich noch das Leben, nachdem das von mir vergötterte Wesen den Revolver gegen mich erhoben hatte? Außerdem fühlte ich mit der ganzen Kraft meiner Seele, daß zwischen uns in diesem Augenblick ein Kampf entbrannt war, ein schrecklicher Zweikampf auf Leben und Tod, zwischen ihr und dem gestrigen Feigling, den seine Kameraden wegen Feigheit aus dem Regiment hinausgejagt hatten. Ich wußte das, und auch sie mußte das wissen, wenn sie nur erraten hatte, daß ich nicht schlief.

Vielleicht habe ich in jenem Augenblicke diese Gedanken gar nicht gehabt, vielleicht kommt es mir jetzt nur so vor, aber so hätte es sich doch notwendig abspielen müssen, wenn auch ohne Gedanken. Denn in meinem ganzen fernerenLeben habe ich nichts anderes getan, als in jeder Stunde daran gedacht.

Sie werden mich wieder fragen: warum habe ich sie nicht vom Verbrechen zurückzuhalten gesucht? Ja, ich habe mir diese Frage später selbst tausendmal vorgelegt, jedesmal, wenn ich mit einem kalten Schauer im Rücken an diesen Augenblick zurückdachte. Aber meine Seele befand sich damals in finsterster Verzweiflung: ich ging zugrunde, ging selbst zugrunde, wie hätte ich da überhaupt noch eine andere Seele retten können? Und warum glauben Sie, daß ich damals überhaupt noch hätte jemand retten wollen? Wer kann wissen, was ich in jenen Augenblicken gefühlt habe?

Mein Bewußtsein war aber wach, es siedete förmlich in mir, die Sekunden verstrichen, und die Totenstille dauerte fort; sie stand noch immer über mich gebeugt – und plötzlich durchzuckte mich ein Hoffnungsstrahl! Ich öffnete schnell die Augen. Sie war nicht mehr im Zimmer. Ich stand auf; ich hatte gesiegt, und sie war für immer besiegt! Ich ging ins andere Zimmer zum Teetisch. Der Samowar wurde bei uns immer im ersten Zimmer gereicht, und sie pflegte selbst den Tee einzuschenken. Ich setzte mich schweigend an den Tisch, und sie reichte mir mein Glas. Nach etwa fünf Minuten sah ich sie an. Sie war entsetzlich bleich, noch bleicher als gestern, und sah mich unverwandt an. Und plötzlich, plötzlich, als sie merkte, daß ich sie ansah, huschte über ihre bleichen Lippen ein mattes Lächeln, und in ihren Augen regte sich eine bange Frage. "Folglich zweifelt sie noch immer und fragt sich: Weiß ers, oder weiß ers nicht? Hat ers gesehen oder nicht?" Ich blickte gleichgültig zur Seite.

Nach dem Frühstück schloß ich die Kasse, ging auf den Markt und kaufte eine eiserne Bettstelle und eine spanische Wand. Nach Hause zurückgekehrt, ließ ich das Bett mit der spanischen Wand im ersten Zimmer aufstellen. Das Bett war für sie bestimmt, ich sagte ihr aber kein Wort davon; auch ohne Worte begriff sie durch dieses Bett, daß "ich alles gesehen habe und alles weiß", und daß sie darüber nicht mehr zweifeln dürfe. Abends ließ ich den Revolver wie gewöhnlich auf dem Tische liegen. Sie legte sich schweigend in ihr neues Bett: unsere Ehe war getrennt. – Sie war besiegt, doch nicht freigesprochen. In der Nacht begann sie zu phantasieren, und am Morgen hatte sie Nervenfieber. Sechs Wochen blieb sie liegen.

VII.

Ein stolzer Traum

Lukerja hat mir soeben erklärt, daß sie bei mir nicht länger bleiben wolle und gleich nach der Beerdigung der Gnädigen fortgehen werde. Ich habe soeben fünf Minuten lang auf den Knien gebetet, obwohl ich ursprünglich die Absicht hatte, eine ganze Stunde lang zu beten. Ich muß immer denken und denken; in meinem kranken Kopfe regen sich nur kranke Gedanken – das Beten wäre ja Sünde! Es ist auch merkwürdig, daß ich keine Schläfrigkeit fühle: bei großem, allzu großem Schmerz, wenn die ersten heftigen Ausbrüche vorbei sind, will man sonst immer schlafen. Das ist ja auch ganz natürlich, sonst würden ja die Kräfte nicht ausreichen ... Ich legte mich auf den Diwan, blieb aber wach ...

... Sechs Wochen lang pflegten wir sie Tag und Nacht: ich, Lukerja und die gelernte Pflegerin aus dem Spital, die ich engagiert hatte. Ich sparte kein Geld, hatte sogar den Wunsch, für sie möglichst viel auszugeben. Ich ließ sie von Doktor Schröder behandeln und zahlte ihm zehn Rubel für jeden Besuch. Als sie das Bewußtsein wiedererlangt hatte, gab ich mir Mühe, ihr möglichst wenig unter die Augen zu treten. Warum spreche ich jetzt übrigens davon? Als sie das Bett verließ, setzte sie sich schweigend an einen besonderen Tisch, der in meinem Zimmer stand und den ich um jene Zeit für sie angeschafft hatte ... Ja, es ist wahr, wir schwiegen beide; d. h. wir fingen sogar später zu sprechen an, doch nur über ganz gleichgültige Dinge.

Ich gab mir absichtlich Mühe, möglichst wenig zu sprechen, merkte aber sehr genau, daß sie sehr froh war, kein übriges Wort sagen zu müssen. Das erschien mir sogar sehr natürlich: "Sie ist zu sehr erschüttert, zu sehr besiegt," sagte ich mir, "und ich muß ihr Zeit lassen, zu vergessen und sich einzuleben." So schwiegen wir beide, ich bereitete mich aber in Gedanken jeden Augenblick auf die Zukunft vor. Ich hatte den Eindruck, daß auch sie mit den gleichen Gedanken beschäftigt war; ich versuchte oft zu erraten, woran sie im betreffenden Augenblick denken könnte.

Ich will noch folgendes sagen: Natürlich kann sich kein Mensch vorstellen, was ich während ihrer Krankheit durchgemacht habe; ich stöhnte aber nur in mich hinein und verbarg sogar vor Lukerja manchen Seufzer. Ich konnte mir gar nicht vorstellen, konnte es gar nicht fassen, daß sie sterben werde, ohne alles erfahren zu haben. Als aber die Gefahr vorüber war und sie sich zu erholen begann, beruhigte ich mich, ich weiß es noch genau, ungewöhnlich schnell. Und noch mehr als das: ich beschloß, *unsere Zukunft möglichst weit hinauszuschieben*, und alles, solange es noch geht, im alten Geleise zu belassen. Ja, da geschah mit mir etwas ganz Merkwürdiges und Besonderes, ich kann es nicht anders nennen: ich hatte den Sieg davongetragen, und es stellte sich heraus, daß schon der bloße Gedanke daran mir vollkommen genügte. So verging der ganze Winter. Ich war zufrieden wie noch nie, und dieser Zustand hielt den ganzen Winter an.

Denn sehen Sie: in meinem Leben gab es einen furchtbaren, durchaus äußeren Umstand, der mich bis dahin, d. h. bis zur Katastrophe mit meiner Frau, Tag und Nacht, jede Stunde und Minute bedrückt hatte; ich meine die Entehrung und Ausstoßung aus dem Regiment. Kurz: mir war eine tyrannische Ungerechtigkeit widerfahren. Allerdings war ich wegen meines unverträglichen und vielleicht auch etwas lächerlichen Charakters wenig beliebt; obgleich es oft vorkommt, daß das, was einem erhaben erscheint, was er als sein Heiligstes im Herzen bewahrt und schätzt, seiner Umgebung aus irgendeinem Grunde lächerlich erscheint. Selbst in der Schule hat man mich niemals geliebt.

Ich war immer und überall unbeliebt. Auch Lukerja kann mich nicht lieben. Doch der Fall im Regiment trug einen durchaus zufälligen Charakter, wenn er auch in gewisser Hinsicht die Folge meiner

Unbeliebtheit war. Ich erwähne es nur, weil es nichts Bedrückenderes und Unerträglicheres geben kann, als durch einen Zufall zugrunde zu gehen, durch einen Zufall, der ebensogut auch nicht hätte sein können, durch eine unglückliche Verkettung von Umständen, die sich ebensogut wie eine Wolke hätte verziehen können. Für einen intelligenten Menschen ist das ganz besonders erniedrigend. Der Fall lag so:

Es war im Theater. In einer Pause ging ich ans Büfett. Der Husarenoffizier A., der plötzlich am Büfett erschien, erklärte in Gegenwart aller anwesenden Offiziere und des Publikums, im Gespräch mit zwei anderen Husaren, daß der Hauptmann unseres Regiments, Besumzew, soeben im Korridor Skandal gemacht hätte und wahrscheinlich betrunken sei. Weiter wurde darüber nicht gesprochen, denn A. hatte sich geirrt: Besumzew war gar nicht betrunken, und der Skandal war eigentlich kein Skandal. Die Husaren brachten das Gespräch auf andere Dinge, und damit schien die Sache erledigt.

Doch am nächsten Tage erfuhr man von der Geschichte in unserem Regiment, und gleich hieß es, daß ich, der einzige Offizier unseres Regiments, der dabei gewesen, den Husaren, der sich verletzend über unseren Hauptmann Besumzew geäußert hatte, nicht zur Rede gestellt hätte. Warum hätte ich es auch tun sollen? Wenn er etwas gegen Besumzew hatte, so war es doch eine persönliche Angelegenheit zwischen den beiden; warum hätte ich mich da einmischen sollen? Doch unsere Offiziere fanden, daß die Angelegenheit durchaus keine persönliche wäre, sondern das ganze Regiment beträfe; da ich aber als einziger Vertreter des Regiments zugegen gewesen, so hätte ich dadurch allen am Büfett anwesenden Offizieren und dem Publikum gezeigt, daß es in unserem Regiment Offiziere gäbe, die in bezug auf ihre persönliche Ehre und die Ehre des Regiments wenig empfindlich seien.

Ich konnte mich dieser Auffassung nicht anschließen. Man gab mir zu verstehen, daß ich alles gutmachen könnte, wenn ich mich noch nachträglich mit A. auseinandersetzen wollte. Ich wollte es aber nicht tun. Ich war aufs höchste gereizt, und meine Weigerung klang sehr bestimmt und stolz. Gleich darauf reichte ich mein Abschiedsgesuch ein. Das ist die ganze Geschichte. Ich verließ das Regiment mit stolz erhobenem Kopf, war aber innerlich gebrochen. Meine Willenskraft und meine geistigen Kräfte waren auf einmal wie gelähmt.

Da traf es sich noch, daß mein Schwager in Moskau unser ganzes Vermögen, und somit auch meinen Teil, eine allerdings nicht sehr große Summe, durchgebracht hatte; so blieb ich ohne einen Heller auf der Straße. Ich hätte ja eine Privatstelle nehmen können, tat es aber nicht: ich konnte nicht den glänzenden Offiziersrock mit der Uniform eines Eisenbahners vertauschen. Wenn schon sinken, dann tief sinken, wenn schon Schande, dann die allergrößte Schande; je schlimmer desto besser: das war meine Wahl. Nun kamen die drei Jahre, an die ich mich heute noch mit Grauen erinnere; auch die Erinnerung an das Nachtasyl am Heumarkt gehört dazu. Vor eineinhalb Jahren starb in Moskau meine reiche alte Pate und hinterließ mir, wie den anderen Taufkindern, dreitausend Rubel. Dies entschied mein Schicksal.

Ich entschloß mich, eine Leihkasse zu gründen und von ihr zu leben, ohne mich vor den Menschen erniedrigen zu müssen: so würde ich mir Geld erwerben, dann ein eigenes Heim gründen und ein neues Leben fern von alten Erinnerungen beginnen. Das war mein Plan. Dennoch quälten mich die Gedanken an meine dunkle Vergangenheit und die für immer verlorene Ehre jede Stunde und jede Minute. Um diese Zeit heiratete ich. Ob es ein Zufall war oder nicht – kann ich wirklich nicht sagen. Jedenfalls glaubte ich, als ich sie in mein Haus führte, in ihr einen Freund gewonnen zu haben;

einen Freund brauchte ich aber notwendiger als irgendetwas. Zugleich wußte ich schon damals, daß ich mir diesen Freund erst werde vorbereiten, erziehen und sogar besiegen müssen.

Hätte ich denn dieser Sechzehnjährigen, die noch alle Vorurteile ihres Alters hatte, überhaupt etwas erklären können? Wie hätte ich sie z. B. ohne die zufällige Hilfe der Katastrophe mit dem Revolver überzeugen können, daß ich kein Feigling bin und daß das gegen mich ergangene Urteil der Regimentskameraden ungerecht war? Die Katastrophe kam gerade zur rechten Zeit. Indem ich dem gegen mich gerichteten Revolver standhielt, rächte ich meine ganze finstere Vergangenheit; und wenn es auch kein anderer Mensch erfuhr, so erfuhr es doch *sie*; das bedeutete für mich alles, denn sie selbst war mein alles, die ganze Hoffnung meiner Zukunft! Sie war der einzige Mensch, den ich an meiner Seite haben wollte; ich wollte sie mir zu einem Freund erziehen, und eines anderen Menschen bedurfte ich nicht.

Nun hatte sie die Wahrheit erfahren. Sie hatte jedenfalls eingesehen, daß sie schlecht und voreilig gehandelt hatte, als sie zu meinen Feinden überging. Dieser Gedanke entzückte mich. In ihren Augen konnte ich nicht mehr als gemeiner, höchstens noch als sonderbarer Mensch dastehen; und sogar das letztere durfte mir, nach allem, was geschehen, gar nicht so unangenehm sein: Sonderbarkeit ist kein Laster, eher etwas, was den weiblichen Charakter zuweilen anzieht.

Kurz und gut, ich bemühte mich, die Lösung der Sache möglichst hinauszuschieben: denn das, was geschehen, genügte mir vorläufig vollkommen zu meiner Beruhigung und gab eine Menge von Bildern und Material für meine Träume. Das ist eben das Gemeine, daß ich ein Träumer bin: mir genügte das Material, von ihr aber dachte ich, daß sie noch warten könne.

So verging der Winter in ständiger Spannung und Erwartung. Ich liebte es, sie heimlich zu beobachten, wenn sie vor ihrem Tischchen saß. Sie machte irgendeine Handarbeit, stickte Wäsche, las auch manchmal abends die Bücher, die sie in meinem Schranke fand. Auch die Auswahl der Bücher, die ich besaß, mußte wohl zu meinen Gunsten sprechen. Sie verließ fast nie das Haus. Täglich nach dem Essen führte ich sie in der Dämmerstunde ein wenig aus, doch während dieser kurzen Spaziergänge schwiegen wir beide ganz wie früher.

Ich bemühte mich, so zu tun, als ob wir nicht schwiegen, sondern uns freundschaftlichst unterhielten; doch, wie gesagt, vermieden wir beide wie auf Verabredung überflüssige Worte. Ich tat es mit Absicht, um ihr Zeit zu lassen. Etwas ist allerdings sonderbar: während des ganzen Winters fiel es mir kein einziges Mal auf, daß sie mich fast nie eines Blickes würdigte, während ich sie doch so gerne heimlich beobachtete. Ich glaubte, es sei ihre Schüchternheit. Denn nach der Krankheit schien sie so schüchtern, sanft und kraftlos. "Nein, warte nur," sagte ich mir immer, "sie wird einmal plötzlich selbst zu dir kommen."

Dieser Gedanke entzückte mich, und ich konnte ihm nicht widerstehen. Ich will dem noch hinzufügen, daß ich michzuweilen selbst aufhetzte und meinen Geist und meinen Verstand so weit brachte, daß sich in mir so etwas wie ein feindseliges Gefühl gegen sie regte. So ging es eine geraume Zeit. Doch dieses Gefühl vermochte nicht, in meiner Seele Wurzeln zu fassen und zu einem Haß gegen sie zu reifen. Ich fühlte auch selbst, daß es eigentlich ein Spiel war. Selbst damals, als ich das Bett und die spanische Wand kaufte und auf diese Weise unsere eheliche Gemeinschaft zerriß, habe ich sie nicht ernsthaft für eine Verbrecherin halten können.

Und dies nicht etwa, weil ich ihr Verbrechen leichtsinnig beurteilt hätte, sondern weil ich gleich am ersten Tage, noch bevor das Bett angeschafft war, die Absicht hatte, ihr gänzlich zu verzeihen. Es war mit einem Worte nur eine Laune von mir, denn sonst habe ich strenge moralische Anschauungen. Im Gegenteil: sie war in meinen Augen so sehr besiegt, erdrückt, vernichtet, daß ich mit ihr manchmal Mitleid hatte, obwohl ich gestehen muß, daß der Gedanke an ihre Erniedrigung mir sogar gewisse Genugtuung verschaffte. Es war eben der Gedanke an unsere Ungleichheit, der mich so reizte ...

In diesem Winter beging ich absichtlich einige gute Taten. Ich schenkte zwei Schuldnern die Schuld und gab einer armen Frau ein Darlehen ganz ohne Pfand. Meiner Frau sagte ich aber nichts davon, denn ich tat es gar nicht, damit sie es erfahre; doch die arme Frau kam von selbst und bedankte sich bei mir kniefällig. Auf diese Weise erfuhr sie davon; mir schien sogar, daß sie sich darüber freute.

Da kam der Frühling; es war schon Mitte April, die Winterfenster wurden herausgenommen, und die Sonne warf ihre grellen Strahlen in unsere schweigenden Zimmer. Meine Augen waren noch gleichsam verbunden, und mein Geist war blind. Diese verhängnisvolle, furchtbare Binde vor den Augen! Wie kam es nur, daß sie plötzlich fiel, daß ich plötzlich alles begriff? War es Zufall? Hatte sich die Zeit erfüllt? Oder war es ein Sonnenstrahl, der in meinem stumpf gewordenen Geiste plötzlich die Ahnung erweckte? Nein, es war keine plötzlich geweckte Ahnung, sondern das Aufleben einer gewissen Ader, die bis dahin gelähmt war; sie erbebte plötzlich, lebte auf und erleuchtete meine stumpf gewordene Seele und meinen teuflischen Hochmut. Es geschah so plötzlich und so unerwartet, daß ich, wie von einem Schlage getroffen, auffuhr. Es geschah an einem Abend, so gegen fünf Uhr nachmittags ...

VIII.
Die Binde fiel

Vorher noch zwei Worte. Noch vor einem Monat war mir ihre eigentümliche Nachdenklichkeit aufgefallen; es war eben keine Schweigsamkeit mehr, es war Nachdenklichkeit. Das war mir ganz plötzlich aufgefallen. Sie saß damals über eine Näharbeit gebeugt und merkte nicht, daß ich sie beobachtete. Plötzlich fiel es mir auf, wie schmal und mager sie geworden war, wie bleich ihr Gesicht, wie blutleer ihre Lippen waren – dies alles und noch dazu ihre Nachdenklichkeit erschreckten mich mit einem Male ganz außerordentlich. Ich hatte schon früher bemerkt, daß sie manchmal, besonders nachts, so eigentümlich trocken hüstelte. Ich stand gleich auf und eilte, ohne ihr etwas davon zu sagen, zum Doktor Schröder.

Schröder kam am nächsten Tage. Sie war sehr erstaunt und blickte bald auf mich und bald auf den Arzt.

"Ich bin ja vollständig gesund," sagte sie mit einem rätselhaften Lächeln.

Schröder untersuchte sie nicht besonders eingehend (diese Mediziner sind ja manchmal vor lauter Einbildung etwas nachlässig). Er sagte mir im Nebenzimmer, daß es noch eine Nachwirkung ihrer Krankheit sei und daß es ganz gut wäre, wenn sie in irgendein Seebad oder wenigstens in eine Sommerfrische gehen könnte. Er sagte also eigentlich nichts, außer, daß es Schwäche oder etwas Ähnliches sei. Als Schröder gegangen war, blickte sie mich ungewöhnlich ernst an und sagte plötzlich nochmals:

"Ich bin ja vollständig gesund."

Kaum hatte sie es gesagt, als sie plötzlich über und über rot wurde, augenscheinlich vor Scham. Ja, es war augenscheinlich Scham. O, jetzt begreife ich es: sie schämte sich darüber, daß ich noch *ihr Mann* war und für sie sorgte, als ob ich noch ihr wirklicher Mann wäre. Damals begriff ich es aber nicht und schrieb das Erröten ihrer Demut zu. (Ja, ich hatte eben noch die Binde vor den Augen!)

Nach einem Monat, an einem sonnigen Apriltag saß ich also gegen fünf Uhr in meinem Zimmer und machte Kasse. Sie saß im anderen Zimmer an ihrem Tischchen und nähte. Plötzlich hörte ich, daß sie leise, ganz leise zu singen anfing. Diese neue Wahrnehmung machte auf mich einen geradezu erschütternden Eindruck, den ich auch heute noch nicht recht fassen kann. Bis dahin hatte ich sie fast nie singen gehört, höchstens noch in den ersten Tagen nach der Hochzeit, wo wir noch beide lustig waren, mit dem Revolver ins Ziel schossen usw.

Ihre Stimme war damals stark, schön und hell; sie sang zwar nicht ganz richtig, doch ungemein angenehm. Nun war ihr Liedchen so schwach – ich will nicht sagen, daß es melancholisch gewesen wäre (es war irgendeine Romanze): ihre Stimme klang aber so, als ob in ihr etwas gesprungen oder gerissen wäre, als ob sie nicht die Kraft hätte, als ob das Liedchen selbst krank wäre. Sie sang ganz leise, und plötzlich, bei einem hohen Ton, brach die Stimme ab – so ein armseliges Stimmchen, es war so jämmerlich, als es abbrechen mußte! Sie hüstelte, räusperte sich und begann dann wieder ganz leise und kaum hörbar zu singen ...

Man wird wohl über meine Aufregung lachen, doch niemand wird je begreifen können, warum mich diese Aufregung überkam!

Nein, es war noch kein Mitleid mit ihr, es war etwas ganz anderes. Zuerst, wenigstens in den ersten Minuten, stand ich dieser neuen Tatsache ganz verständnislos gegenüber; ich war erstaunt und bestürzt, es war ein unheimliches, seltsames und krankhaftes Gefühl, beinahe etwas wie Rachsucht, das sich in mir regte: "Sie singt und dazu noch in meiner Gegenwart! Hat sie mich etwa vergessen?"

Zuerst blieb ich ganz bestürzt auf meinem Platze sitzen, sprang dann plötzlich auf, nahm meinen Hut und ging, ohne noch recht zu wissen, was ich tun wollte, hinaus. Lukerja reichte mir meinen Mantel.

"Sie singt?" fragte ich sie unwillkürlich. Lukerja verstand mich nicht und sah mich ganz blöde an; ich war ihr wohl auch wirklich unverständlich.

"Singt sie heute zum ersten Male?"

"Nein, wenn Sie nicht zu Hause sind, singt sie öfters," antwortete Lukerja. Ich kann mich noch genau auf alles besinnen. Ich ging die Treppe hinunter, trat auf die Straße und ging aufs Geratewohl. Ich ging bis zur nächsten Ecke und starrte gerade vor mich hin. Leute gingen vorüber, stießen mich an, ich sah und hörte nichts. Ich rief eine Droschke herbei und sagte dem Kutscher, er solle mich zur Polizeibrücke fahren; warum, weiß ich nicht. Ich gab aber gleich diese Absicht auf und schenkte dem Kutscher zwanzig Kopeken.

"Das ist dafür, daß ich dich umsonst anrief," sagte ich ihm, indem ich ihm ganz sinnlos und verstört ins Gesicht lachte. In meinem Herzen stieg plötzlich ein unsagbares Wonnegefühl auf. Ich kehrte um und begab mich mit beschleunigten Schritten nach Hause. In meiner Seele klang wieder der gesprungene, traurige, abgerissene Ton. Mir stockte der Atem. Die Binde fiel, sie fiel von meinen Augen! Wenn sie in meiner Gegenwart zu singen begonnen hatte, so hatte sie mich vergessen – das war es, was ich plötzlich so klar vor Augen sah und was mich so erschreckte. So fühlte mein Herz. Doch das Wonnegefühl erfüllte meine Seele und besiegte die Angst.

O die Ironie des Schicksals! Dieses Wonnegefühl war doch in meiner Seele den ganzen Winter über gewesen, etwas anderes als dieses Gefühl hätte in ihr ja gar nicht wohnen können; wo war ich selbst diesen Winter über gewesen? Ob ich überhaupt mit meiner Seele eins gewesen war? Ich lief eilig die Treppe hinauf. Ob ich stürmisch oder schüchtern ins Zimmer trat, weiß ich nicht mehr. Ich weiß nur noch, daß der ganze Fußboden unter mir schwankte, als werde ich von Wellen getragen. Als ich ins Zimmer trat, saß sie noch immer auf ihrem früheren Platze, den Kopf über die Näharbeit gebeugt; sie sang aber nicht mehr. Sie streifte mich mit einem gleichgültigen Blick; es war eigentlich kein Blick, sondern eine rein mechanische Geste, so wie wenn irgendein Gleichgültiger ins Zimmer tritt.

Ich ging direkt auf sie zu und setzte mich dicht neben sie. Ich sah wohl wie ein Wahnsinniger aus. Sie warf mir einen schnellen Blick zu und schien erschreckt. Ich ergriff ihre Hand, ich weiß nicht mehr, was ich ihr sagte, d. h. was ich ihr sagen wollte, denn ich konnte ja nicht einmal vernünftig reden. Meine Stimme riß und wollte mir nicht gehorchen. Ich wußte ja auch gar nicht, was ich ihr sagen sollte. So saß ich, um Atem ringend, neben ihr.

"Wollen wir ein wenig sprechen ... weißt du ... sag doch irgendwas!" lallte ich plötzlich ganz dumm. Wie hätte ich da auch etwas Vernünftiges sagen können? Sie zuckte wieder zusammen, sah mich an und prallte, außer sich vor Angst, von mir zurück. Plötzlich nahmen ihre Augen den Ausdruck von Strenge und Erstaunen an. Ja, es war ein ganz eigentümliches *strenges Erstaunen*. Sie sah mich mit großen Augen an. Von dieser Strenge, diesem strengen Erstaunen war ich wie zermalmt. "Du willst noch Liebe? Liebe?" fragten mich ihre erstaunten Blicke. Sie schwieg, doch ich las in ihrem Blicke alles, alles. Alles erzitterte in mir, und ich stürzte zu ihren Füßen. Ja, ich lag wirklich vor ihren Füßen. Sie sprang rasch auf, aber ich hielt sie mit ungewöhnlicher Kraft an beiden Händen fest. Ich begriff vollkommen meine Verzweiflung, o ich begriff sie! Und doch – Sie werden es kaum glauben – und doch war mein Herz von einem so unbeschreiblichen Wonnegefühl erfüllt, daß ich glaubte, es würde brechen. Ganz berauscht küßte ich ihr die Füße. Ja, ich war glücklich, grenzenlos, unendlich glücklich, obwohl ich mir dabei auch meiner Verzweiflung voll bewußt war. Ich weinte, stammelte etwas, konnte aber nichts sagen. Schrecken und Erstaunen wurden bei ihr von einer Besorgnis verdrängt, von einer bangen Frage abgelöst; sie sah mich so sonderbar, sogar wahnsinnig an, wollte endlich alles begreifen und lächelte. Sie schämte sich sehr, daß ich ihr die Füße küßte, und zog sie immer zurück; ich küßte aber dann die Stelle, wo ihre Füße gestanden hatten. Sie sah es und begann plötzlich vor Scham zu lachen (wissen Sie, wie es klingt, wenn man vor Scham lacht?). Sie bekam einen hysterischen Anfall, ich sah, wie ihre Hände zuckten, doch ich dachte nicht daran und flüsterte in einem fort, daß ich sie liebe, daß ich nicht aufstehen würde: "Laß mich dein Kleid küssen ... Laß mich dich mein Leben lang anbeten ..." Ich weiß nicht mehr, kann mich auf nichts mehr besinnen – plötzlich schluchzte sie auf und erbebte am ganzen Leibe. Es war ein schrecklicher hysterischer Anfall. Ich hatte sie zu sehr erschreckt. Ich trug sie auf ihr Bett. Als der Anfall vorüber war, setzte sie sich auf, ergriff meine Hände und sagte: "Lassen Sie, quälen Sie sich nicht, beruhigen Sie sich!" Sie war furchtbar traurig, schien ganz vernichtet und weinte in einem fort. Den ganzen Abend ging ich nicht von ihrer Seite. Ich sagte ihr immer, daß ich mit ihr in ein Seebad, nach Boulogne reisen wolle, und zwar sofort, in vierzehn Tagen; daß mir der seltsam gesprungene Ton in ihrer Stimme aufgefallen sei, daß ich die Leihkasse schließen und an Dobronrawow verkaufen würde, daß nun ein neues Leben beginnen würde; vor allen Dingen aber müßten wir sofort nach Boulogne reisen! Sie hörte mir erschrocken zu. Ihre Angst schien immer zu wachsen. Ich kümmerte mich aber nicht um ihre Angst, hatte nur den einen unbezwingbaren Wunsch, vor ihren Füßen zu liegen, die Stelle auf dem Boden, wo ihre Füße gestanden, zu küssen, zu ihr zu beten. "Ich werde von dir nichts mehr verlangen," wiederholte ich immer wieder, "du brauchst mir nichts mehr zu antworten, brauchst mich überhaupt nicht mehr zu beachten, laß mich nur auf dich von einem Winkel aus schauen, behandle mich wie dein Eigentum, wie dein Hündchen ..." Sie weinte.

" *Und ich hatte schon gedacht, Sie würden mich ganz in Ruhe lassen*", entfuhr es ihr plötzlich ganz unwillkürlich – so unwillkürlich, daß sie vielleicht selbst gar nicht merkte, wie sie es sagte. Und doch war es das Wichtigste, das Verhängnisvollste, was ich von ihr an diesem Abend zu hören bekam, eigentlich das einzige, was ich vollkommen begriff. Diese Worte durchbohrten mir förmlich das Herz, sie erklärten mir alles! Doch solange ich sie bei mir, vor meinen Augen hatte, gab ich noch immer die Hoffnung nicht auf, war noch immer unsagbar glücklich. Ich hatte sie an diesem Abend furchtbar ermüdet, ich sah es vollkommen ein, glaubte aber immer, daß es mir gleich gelingen würde, alles gutzumachen. Als die Nacht kam, war sie ganz erschöpft. Ich bat sie, sie möchte doch einschlafen, und sie schlief auch wirklich sofort ein. Ich erwartete, daß sie phantasieren würde; sie phantasierte auch wirklich, doch nicht zu heftig. In der Nacht stand ich jeden Augenblick auf, ging leise in Pantoffeln an ihr Bett und betrachtete sie. Wie ich das arme kranke Wesen auf dem schmalen eisernen Bett, das ich ihr für drei Rubel gekauft hatte, liegen sah, rang ich die Hände. Ich kniete vor ihr nieder, wagte aber nicht, während sie schlief (also gegen ihren Willen!), ihre Füße zu küssen. Ich versuchte zu beten, sprang aber immer gleich wieder auf. Lukerja kam einige Male aus der Küche und sah mich ganz verwundert an. Ich sagte ihr, sie möchte sich endlich hinlegen; morgen würde aber "etwas ganz Neues" beginnen. Auch ich selbst glaubte blind, wahnsinnig, fanatisch daran. Ich war vor Freude ganz berauscht! Ich wartete nur auf den Morgen. Trotz aller warnenden Symptome glaubte ich nicht an die Möglichkeit eines Unglücks. Obwohl die Binde gefallen war, hatte ich den gesunden Menschenverstand noch nicht ganz wiedererlangt; und dieser Zustand hielt noch lange an, bis auf den heutigen Tag! Wie hätte ich damals auch vernünftig denken können: sie war ja noch am Leben, sie lag vor mir, und ich stand vor ihr. "Morgen wird sie erwachen, ich werde ihr alles sagen, und sie wird alles einsehen!" So stellte ich es mir damals vor, so klar und so einfach; und darum war ich auch so berauscht! Am meisten aber berauschte mich der Gedanke an die Reise nach Boulogne. Aus irgendeinem Grunde glaubte ich, daß Boulogne die Rettung sei, daß Boulogne alles lösen würde. Mit wahnsinniger Spannung wartete ich auf den Morgen.

IX.
Begreife es nur zu gut

Das Ganze war ja erst vor einigen Tagen, vor fünf Tagen, vor nur fünf Tagen, am vergangenen Dienstag! Nein, nein, wenn sie doch nur einen Augenblick gewartet hätte, ich hätte gewiß all die finsteren Wolken zerstreut! Hatte sie sich denn nicht gänzlich beruhigt? Denn am nächsten Tage hörte sie mir schon zu, wenn auch etwas verlegen, so doch mit einem Lächeln auf den Lippen ... Die ganze Zeit über, die ganzen fünf Tage war sie verlegen oder sie schämte sich ... Es war auch Furcht dabei, sogar große Furcht. Ich will es ja nicht bestreiten, will nicht wie ein Wahnsinniger widersprechen: sie fürchtete sich vor mir; wie hätte sie sich aber auch nicht fürchten sollen?

Wir waren ja seit so langer Zeit einander fremd geworden, hatten uns voneinander so gänzlich entwöhnt, und plötzlich dieser unerwartete Ausbruch ... Ich achtete aber nicht auf ihre Furcht, ich war von dem Neuen, das in der Zukunft leuchtete, ganz geblendet! Es ist ja wahr, es ist zweifellos wahr, daß ich da einen Fehler begangen habe. Vielleicht sogar viele Fehler. Gleich am Morgen, als wir beide erwachten, gleich am frühen Morgen (es war am Mittwoch) beging ich einen großen Fehler: ich wollte sie gleich zu meinem Freunde machen. Ich habe mich zu sehr beeilt, habe unüberlegt gehandelt, doch die Beichte war notwendig; es war auch viel mehr als das, was man so Beichte nennt! Ich sagte ihr solche Dinge, die ich auch vor mir mein Leben lang verheimlicht hatte.

Ich sagte ihr so gerade heraus, daß ich den ganzen Winter nur daran gedacht hatte, daß sie mich liebte, daß ich an ihrer Liebe überhaupt nicht zweifelte. Ich erklärte ihr, daß die Leihkasse nur eine Folge meiner gesunkenen Willenskraft sei, meine eigene Idee von Selbstgeißelung und Selbstverherrlichung. Ich erklärte ihr, daß ich damals am Büfett tatsächlich wie ein Feigling gehandelt hätte, was meiner übertriebenen Empfindlichkeit zuzuschreiben sei: die Umgebung, das Publikum am Büfett hätten mich verwirrt; ich hätte mich gefragt, ob es nicht lächerlich wirken würde, wenn ich so plötzlich vortreten wollte? Ich fürchtete mich nicht vor dem Duell, sondern vor der Möglichkeit, lächerlich zu erscheinen ...

Später hätte ich es aber nicht eingestehen wollen und mich und alle anderen damit gequält; auch sie hätte ich damals gequält, hätte sie überhaupt nur darum geheiratet, um sie quälen zu können. Ich sprach überhaupt fast die ganze Zeit wie im Fieber. Sie faßte mich sogar an den Händen und bat mich, aufzuhören: "Sie übertreiben ... Sie quälen sich ..." Und dann begann sie wieder zu weinen und bekam beinahe wieder den Anfall. Sie bat mich in einem fort, ich möchte nicht mehr davon sprechen und überhaupt nicht mehr daran denken.

Ich hörte aber gar nicht oder fast gar nicht auf ihre Bitten: ich dachte ja an den Frühling, an die Reise nach Boulogne! Dort strahlte die Sonne, unsere neue Sonne! Nur davon sprach ich zu ihr. Wenn ich die Leihkasse geschlossen und alle Geschäfte Dobronrawow übergeben hätte, wollte ich mein ganzes Vermögen, so sagte ich ihr, an Arme verschenken und mir nur die dreitausend Rubel, die ich einst von meiner Pate bekommen hatte und die mein Grundkapital waren, behalten; mit diesem Gelde würden wir eben die Reise nach Boulogne machen, dann aber nach Hause zurückkehren und ein neues arbeitsvolles Leben beginnen.

Dabei blieb es, d. h. sie erwiderte nichts darauf. Sie lächelte nur. Sie lächelte wohl mehr aus Zartgefühl, um mich nicht zu verletzen. Ich sah ja, daß ihr diese Auseinandersetzungen über unsere Zukunft lästig waren; glauben Sie nur nicht, daß ich so dumm und egoistisch gewesen wäre, daß ich es nicht hätte bemerken können. Ich sah alles haarscharf und wußte alles besser als irgend jemand. Ich war mir ja meiner verzweifelten Lage voll bewußt!

Ich sprach immer von mir und von ihr. Auch von Lukerja. Ich erzählte ihr auch, daß ich geweint hatte ... O, ich brachte ja die Rede auch auf andere Dinge und bemühte mich, über gewisse Dinge zu schweigen. Mitunter wurde sie sogar lebhafter und hörte mir interessiert zu; ich kann mich noch so gut daran erinnern! Warum sagen Sie mir, ich sei blind gewesen, hätte in meiner Verblendung nichts gesehen? Wäre nur das eine nicht geschehen, hätte noch alles gut werden können.

Erzählte sie mir ja doch vor drei Tagen, was sie in diesem Winter alles gelesen hatte, und lachte so herzlich, als sie sich an die

Szene aus dem Gil Blas mit dem Erzbischof von Granada erinnerte. Wie herzlich, wie kindlich klang ihr Lachen! So hatte sie in ihrer Brautzeit gelacht – es war ja nur ein kurzer Augenblick! – wie froh war ich da! Und wie bestürzt! Hatte sie ja doch in diesem Winter noch so viel Gemütsruhe und Glück gefunden, um über diese Szene lachen zu können! Folglich hatte sie sich schon früher etwas beruhigt, hatte wirklich geglaubt, daß ich sie in Ruhe lassen würde. "Ich hatte ja schon gedacht, daß Sie mich ganz in Ruhe lassen würden" – das hatte sie am Dienstag gesagt. O, diese Worte sind wirklich eines sechzehnjährigen Mädchens würdig! Sie hatte wirklich geglaubt, daß alles so bleiben würde; sie an ihrem Tisch und ich an meinem Tisch, und so bis zum sechzigsten Lebensjahr! Und da komme ich daher, mache meine Gattenrechte geltend, und der Gatte braucht Liebe! O dieses Mißverstehen, o meine Blindheit!

Es war ja auch ein Fehler, daß ich sie mit so entzückten Augen betrachtete; ich hätte mich beherrschen sollen, denn mein Entzücken erschreckte sie. Ich nahm mich ja auch wirklich zusammen und küßte ihr nicht mehr die Füße. Kein einziges Mal zeigte ich ihr, daß ... nun, daß ich ihr Gatte war – ich dachte überhaupt nicht daran, ich wollte sie ja nur anbeten! Aber ich konnte ja nicht immer schweigen, ich mußte doch etwas sprechen! Ich sagte ihr plötzlich, daß mir die

Unterhaltung mit ihr großen Genuß bereite, daß ich sie für unvergleichlich gebildeter und geistig entwickelter halte als mich selbst. Sie errötete wieder und sagte verlegen, daß ich übertreibe. Da konnte ich mich schon gar nicht beherrschen und sagte ihr dummerweise, wie entzückt ich neulich gewesen war, als ich, hinter der Türe stehend, ihrem Zweikampf zugehört hatte, dem Zweikampf der Unschuld mit dem rohen Kerl; wie sehr mich ihr feiner Verstand, ihr sprühender Witz und zugleich ihre kindliche Naivität entzückt hätten. Sie zuckte zusammen und stammelte wieder etwas von Übertreibung; plötzlich wurde aber ihr Gesicht finster, sie bedeckte es mit den Händen und begann zu schluchzen ... Nun konnte ich mich schon gar nicht mehr beherrschen: ich fiel wieder vor ihr hin, begann ihre Füße zu küssen, und wieder folgte darauf ein hysterischer Anfall wie am Dienstag. Das war gestern abend. Und am nächsten Morgen ... Am nächsten Morgen? Wahnsinniger, dieser Morgen war doch heute, ganz vor kurzem! Hören Sie aufmerksam zu: als wir uns heute früh (also nach dem gestrigen Anfall) am Teetisch trafen, war ich über ihre Ruhe ganz erstaunt ... Ja, so war es! Ich hatte aber die ganze Nacht für die Folgen des Gestrigen gefürchtet. Plötzlich tritt sie auf mich zu, stellt sich vor mich hin, faltet die Hände (es ist ja erst heute früh passiert!) und sagt, daß sie eine Verbrecherin sei, daß sie es sehr wohl wisse; daß ihr Verbrechen sie den ganzen Winter gequält hätte und sie noch jetzt quäle ... daß sie meine Großmut nur zu gut schätze ... "Ich werde Ihnen eine treue Gattin sein, ich werde Sie achten ..."

Da sprang ich wie wahnsinnig auf und schloß sie in meine Arme! Ich küßte sie, bedeckte mit Küssen ihr Gesicht, küßte ihre Lippen, wie ein Gatte seine Frau nach langer Trennung küßt. Und warum bin ich nur heute weggegangen, wennauch nur für zwei Stunden ... um unsere ausländischen Pässe zu holen? ... O mein Gott! Wäre ich doch nur um fünf Minuten früher zurückgekommen! ... Und nun steht diese Volksmenge vor unserem Haustor, und alle sehen mich so sonderbar an ... O Gott!

Lukerja sagt – (diese Lukerja will ich jetzt um keinen Preis fortlassen, sie weiß alles, sie war den ganzen Winter dabei, hat alles gesehen, wird mir alles erzählen können) – Lukerja sagt, daß sie, als ich fortgegangen war, also nur etwa zwanzig Minuten vor meiner Rückkehr, zur gnädigen Frau in unser Schlafzimmer hineingegangen war, um etwas, ich weiß nicht mehr was, zu fragen; da hatte sie gesehen, daß das Heiligenbild (das bewußte Muttergottesbild) aus dem Schreine herausgenommen war und auf dem Tische stand; die gnädige Frau stand aber davor und sah so aus, als ob sie erst eben gebetet hätte.

"Was machen Sie da, gnädige Frau?" – "Es ist nichts, Lukerja, geh nur." – "Wart, Lukerja." – Sie ging auf sie zu und küßte sie. – "Sind Sie jetzt glücklich, gnädige Frau?" – "Ja, Lukerja." – "Sie hätten ja schon längst den Herrn um Verzeihung bitten müssen, gnädige Frau ... Gott sei Dank, daß Sie sich endlich ausgesöhnt haben." – "Es ist gut, Lukerja. Geh jetzt, Lukerja." Bei diesen Worten lächelte sie so sonderbar, daß Lukerja nach zehn Minuten wieder ins Zimmer kam, um nach ihr zu sehen: "Sie steht an die Wand gelehnt und den Kopf in die Hand gestützt. So steht sie nachdenklich da. Und ist so sehr in Gedanken versunken, daß sie gar nicht merkt, daß ich im Nebenzimmer stehe und sie betrachte. Ich sehe, wie sie lächelt; sie steht da, denkt an etwas und lächelt. Ich beobachtete sie eine Weile, drehte mich dann leise um und ging hinaus; sie kam mir so sonderbar vor. Plötzlich höre ich, daß ein Fenster geöffnet wird. Ich gehe sofort wieder zurück und sage: ›Es ist so frisch draußen, gnädige Frau, daß Sie sich nur nicht erkälten!‹ Und plötzlich sehe ich, wie sie auf das Fensterbrett steigt. Sie steht im offenen Fenster ganz aufgerichtet, mit dem Rücken zu mir, hält in den Händen das Heiligenbild. Das Herz steht mir still, ich schreie: ›Gnädige Frau! Gnädige Frau!‹ Sie hört es, will sich wohl noch zu mir umkehren, kehrt sich aber nicht um, sondern macht einen Schritt nach vorne, drückt sich das Heiligenbild noch fester an die Brust und – stürzt aus dem Fenster!"

Ich weiß nur noch, daß sie, als ich vor dem Hause ankam, noch warm war. Den tiefsten Eindruck machte auf mich, daß alle auf mich sahen. Anfangs schrien sie, plötzlich wurden alle still und machten mir Platz: da sah ich sie mit dem Heiligenbild liegen. Ich erinnere mich nur noch ganz dunkel, daß ich schweigend zu ihr trat und sie lange anstarrte. Alle umringten mich und sprachen etwas zu mir. Lukerja war auch dabei, ich habe sie aber nicht gesehen. Ich kann mich nur noch an einen Kleinbürger erinnern, der mir immer zurief: "Nur eine Handvoll Blut ist ihr aus dem Munde geflossen, nur eine Handvoll! ..." Und er zeigte auf einen Pflasterstein mit einigen Blutspuren. Mir scheint, ich habe das Blut mit dem Finger berührt; habe mir den Finger mit Blut befleckt, betrachtete darauf den Finger (das letztere weiß ich noch genau); er rief mir aber noch fortwährend zu: "Eine Handvoll, eine Handvoll!"

"Was, eine Handvoll?" schrie ich wütend auf. Man sagt, ich habe mich mit erhobenen Händen auf ihn gestürzt ...

Es ist wahnsinnig! Ein Mißverständnis! Unglaublich! Unmöglich!

X.

Nur fünf Minuten zu spät

Oder etwa nicht? Halten Sie es für wahrscheinlich? Können Sie sagen, daß es möglich wäre? Wozu, warum starb diese Frau?

O glauben Sie mir, ich verstehe es vollkommen; doch wozu sie gestorben ist – ist immer noch eine Frage. Sie erschrak vor meiner Liebe und fragte sich ernstlich: soll ich sie annehmen oder soll ich sie nicht annehmen? Sie hat die Frage nicht ertragen können und den Tod vorgezogen. Ja, ich weiß, ich weiß es, brauche mir nicht mehr den Kopf darüber zu zerbrechen: sie hatte mir zu viel versprochen, und sie erschrak, daß sie es nicht würde halten können – das ist ja vollkommen klar. Hier gibt es einige ganz furchtbare Motive. Denn die Frage – wozu ist sie gestorben? – steht noch immer offen. Diese Frage klopft, hämmert in meinem Hirn. Ich hätte sie auch wirklich ganz in Ruhe gelassen, wenn sie ernsthaft gewollt hätte, daß ich sie in Ruhe ließ. Sie glaubte aber selbst nicht daran, das ist es eben! Nein, nein, ich lüge, das war gar nicht der Grund. Einfach weil sie mir gegenüber ehrlich sein müßte; wenn sie mich schon lieben wollte, so müßte sie mich mit ihrem ganzen Herzen, mit ihrem ganzen Wesen lieben, und nicht so, wie sie den Kaufmann geliebt hätte. Da sie aber zu keusch war, zu rein, um mich so zu lieben, wie es dem Kaufmann genügt hätte, so wollte sie mich nicht betrügen. Sie wollte mich nicht betrügen, wollte mir nicht statt ihrer ganzen Liebe nur eine halbe oder eine viertel Liebe geben. Menschen ihrer Art sind eben zu ehrlich, das ist die Sache! Ich wollte ihr ja einmal einen weiten, alles begreifenden Blick anerziehen, wissen Sie es noch? Ein seltsamer Gedanke …

Eins möchte ich gerne wissen: ob sie mich geachtet hat? Ich weiß nicht, hat sie mich geachtet oder nicht? Ich glaube es nicht. Es ist doch merkwürdig: während des ganzen Winters ist mir kein einziges Mal der Gedanke gekommen, daß sie mich verachtet! Ich war sogar vom Gegenteil überzeugt und blieb es bis zu jenem Augenblick, als sie mich mit strengem Erstaunen anblickte. Ja, mit *strengem* Erstaunen. Da begriff ich nämlich, daß sie mich verachtete. Ich begriff es endgültig und für alle Ewigkeit! Ach, hätte sie mich doch verachtet, meinetwegen das ganze Leben lang verachtet, nur leben, leben sollte sie! Erst vor kurzem, erst heute früh ging sie noch herum und sprach noch. Ich kann gar nicht begreifen, wie sie sich aus dem Fenster stürzen konnte! Wie hätte ich es auch nur fünf Minuten vorher erwarten können? Ich rief Lukerja. Jetzt lasse ich die Lukerja um keinen Preis fortgehen, um keinen Preis!

Wir hätten uns ja noch verständigen können. Wir waren im Winter einander so fremd geworden, hätten wir uns aber denn nicht wieder aneinander gewöhnen können? Warum in aller Welt hätten wir nicht ein neues gemeinsames Leben beginnen können? Ich bin ja großmütig, und sie ist es auch – da wäre ja der Berührungspunkt! Nur noch einige Worte, nur noch einige Tage – höchstens zwei Tage – und sie würde alles begreifen können.

Mich bedrückt am meisten der Gedanke, daß es nur ein Zufall, ein gewöhnlicher, barbarischer, blinder Zufall war! Das ist doch wirklich ärgerlich! Um fünf Minuten, um nur fünf Minuten bin ich zu spät gekommen! Wäre ich fünf Minuten früher zurückgekehrt, so wäre der Augenblick wie eine Wolke vorübergegangen, und sie hätte sich nie wieder daran erinnert. Und schließlich hätte sie einmal alles begreifen müssen. Und jetzt – diese leeren Zimmer, und ich bin wieder allein. Der Pendel an der Uhr tickt, ihn rührt nichts, ihm tut nichts leid. Ich bin so ganz allein, habe niemanden – das ist mein Unglück! Ich gehe immer auf und ab. Ich weiß, ich weiß, Sie brauchen es mir gar nicht zu sagen: es erscheint Ihnen wohl lächerlich, daß ich es auf einen Zufall schiebe, daß ich mich über die fünf Minuten beklage? Aber es ist doch zu augenscheinlich! Bedenken Sie doch bloß: sie hat nicht einmal ein paar Zeilen hinterlassen, einen

Zettel mit den wenigen Worten: "Niemand ist an meinem Tode schuld", wie ihn eben alle Selbstmörder hinterlassen. Hat sie denn gar nicht daran gedacht, daß Lukerja Unannehmlichkeiten haben könnte: "Sie war ja allein dabei, folglich hat sie sie selbst zum Fenster hinausgestoßen!"

Man hätte sie auch wirklich auf die Polizei geschleppt, wenn nicht zufällig vier Zeugen aus den Fenstern des Seitengebäudes und vom Hofe aus gesehen hätten, wie sie, mit dem Heiligenbild in der Hand, auf dem Fensterbrett gestanden und sich hinabgestürzt hatte. Das ist doch ein reiner Zufall, daß es die Menschen gesehen haben. Nein, es war ja nur ein Augenblick, wo sie sich keine Rechenschaft gab ... Ein plötzlicher phantastischer Einfall! Was ist denn dabei, daß sie vor dem Heiligenbilde gebetet hat? Das heißt ja noch nicht, daß sie mit dem Entschluß, in den Tod zu gehen, betete. Der ganze Augenblick hat vielleicht nur irgendwelche zehn Minuten gedauert; als sie an der Wand stand, den Kopf in die Hand gestützt und lächelte – in diesem Augenblick vielleicht hatte sie den Entschluß gefaßt. Der Gedanke durchzuckte plötzlich ihr Gehirn, ihr Kopf schwindelte, und sie hat nicht widerstehen können.

Das war ja ein augenscheinliches Mißverständnis – Sie mögen sagen, was Sie wollen. Mit mir ließe es sich noch leben. Und vielleicht war es Blutarmut? Vielleicht war einfach ihre Blutarmut, die ihre Lebensenergie erschöpft hatte, die Ursache? Müde war sie geworden im Winter, das war es ...

Ich bin zu spät gekommen!!!

Wie schmächtig sie im Sarge ist, wie spitz ihr Näschen! Die Wimpern liegen wie kleine Pfeile. Wie merkwürdig sie doch gefallen ist – nichts hat sie sich zerschlagen, kein Glied gebrochen! Nur diese eine "Handvoll Blut". Das heißt etwa einen Dessertlöffel voll. Innere Erschütterung. Ein sonderbarer Gedanke kommt mir eben: wäre es möglich, sie nicht zu beerdigen? Denn wenn man sie fortträgt, so ... O nein, es ist fast unmöglich, daß man sie fortträgt! Und doch weiß ich ganz gut, daß man sie fortbringen muß – ich bin gar nicht verrückt, ich phantasiere nicht; im Gegenteil: mein Verstand war noch nie so klar und so wach wie jetzt. Wie ist es mir aber jetzt: ich bin wieder allein im Hause, in meinen beiden Zimmern, wieder ganz allein mit den Pfändern. Ich phantasiere, das ist ja Fieberwahn! Ich habe sie zu Tode gequält, das ist es! Was gelten mir jetzt eure Gesetze? Was brauche ich eure Sitten, Gebräuche, euer Leben, euren Staat, eure Religion? Soll mich nur euer Richter richten, bringt mich nur vor euer Gericht, vor euren öffentlichen Gerichtshof – ich werde doch immer sagen, daß ich nichts anerkenne. Der Richter wird mir zurufen: "Schweigen Sie, Offizier!" Ich werde ihm darauf laut erwidern: "Du hast ja gar nicht die Macht, daß ich dir gehorche! Warum hat ein blindes Naturgesetz das zerbrochen, was mir am teuersten war? Was brauche ich noch jetzt eure Gesetze? Ich trete aus eurer Gemeinschaft aus!" O, mir ist alles gleich!

Sie ist blind, sie ist blind und tot und kann nichts hören! Du weißt gar nicht, mit welch einem Paradies ich dich umgeben hätte. Das Paradies war in meiner Seele, ich hätte es um dich gepflanzt! Gut, du hättest mich nicht geliebt – das hätte ja noch nichts ausgemacht. Alles wäre ja so geblieben, wie du es wolltest: ich hätte dich in Ruhe gelassen. Würdest mich wie einen Freund behandeln, würdest mir alles erzählen – da würden wir uns beide freuen und lachen, und uns freudig in die Augen blicken. Und so würde unser Leben dahinziehen. Und solltest du einen anderen liebgewinnen – auch das wäre mir recht. Du würdest mit ihm gehen und lachen, und ich würde auf der anderen Straßenseite gehen und euch mit den Augen begleiten ... O, alles wäre mir recht, alles, wenn sie nur noch einmal die Augen öffnen wollte! Für einen Augenblick, für nur einen Augenblick! Wenn sie mich wieder so anblicken wollte wie vorhin, als sie vor mir stand und schwur, daß sie mir ein treues Weib sein würde! Mit einem einzigen Blick würde ich ihr alles sagen können!

O Natur! O blinde Gesetze! Die Menschen sind einsam auf Erden – das ist eben das Unglück! "Gibts da im Felde noch eine lebende Seele?" fragte der fahrende Held im alten russischen Lied. Auch ich, der ich kein Held bin, rufe in die Ferne hinaus, doch niemand antwortet mir. Man sagt, daß die Sonne das Weltall belebt. Seht euch doch nur die Sonne an, wenn sie aufgeht: ist sie nicht eine Leiche? Alles ist tot. Überall liegen Tote. Die Menschen sind einsam, und um sie herum ist Schweigen – das ist die Erde! "Menschen, liebet einander" – wer hat das gesagt? Wessen Gebot ist das? Der Pendel tickt gefühllos, ekelhaft. Zwei Uhr nachts. Ihre Schuhchen stehen vor ihrem Bett, warten auf sie ... Nein, in allem Ernst, wenn man sie morgen fortträgt, was soll ich da anfangen?